거대한 참나무도

작은 도토리에서 자란다.

제프리 초서

기록
하는
태도

일러두기

작가 고유의 글맛을 살리기 위해 일부 표기와 맞춤법은 작가 스타일을 따랐습니다.

기록
하는
태도

기억은 사라져도 기록은 남는다

이수현 지음

지식인하우스

차례

추천의 글 · 8

작가의 말 · 10

Chapter 1
오래된 일기, 변화의 시작

음지의 환한 면 · 15 | 요즘 세대 · 20 | 마음의 계절 · 25 | 평행의
정의 · 30 | 손글씨 · 34 | 유영(遊泳) · 38 | 진한 찰나 · 42 | 가장
어린 마음 · 46 | 불완전한 시선의 무결함 · 52 | 최소 단위의 성실
· 55 | 연관 검색어 · 59 | 상처의 좌표 · 63

Chapter 2
기록 지도를 그리는 마음

어떤 하루의 풍광 · 69 | 닫힌 방 · 74 | 둥근 약점 · 78 | 문장은 들
불이 되어 · 82 | 태양 · 85 | 사랑은 오지 않은 계절을 함께 기다리
는 것 · 89 | 손으로 눌러쓴 글자 · 93

Chapter 3

공간의 숨, 그리고 선택

값진 무용 · 99 | 일인용 밥솥 · 103 | 미어캣의 수상한 취미 · 107 | 문우(文友) · 112 | 우리는 아무런 모양으로 앉아 · 116 | 모두의 물결 · 120 | 텀벙 · 122

Chapter 4

추억 나무, 마주 설 용기

너와 나의 선 · 129 | 앱테크 · 132 | 모두의 탱자나무 · 134 | 사랑의 유형 · 139 | 일인용 죽 · 141 | 남겨진 자의 몫 · 143 | 남겨진 자리 · 152 | 아홉 수 생일 · 156 | 은미네 집 · 159

Chapter 5

나와 당신의 이야기

허기의 식탁 · 165 | 그녀라는 항성 · 167 | 이 나이 먹고 무슨 · 171 | 짱구 분식집 · 174 | 고저의 언덕 · 177 | 추운 기념일 · 180 | 기억의 미로 · 182

작가 후기 · 186

그녀가 쉼 없이 달려오고 넘어지고 천천히 걸어온 일기장
에는 우리네 삶의 모습이 투명한 물처럼 담겨 있다. 그녀
의 문장은 사람의 마음을 물결모양으로 감싸 안기도 하고
어두운 도처에 공간의 숨으로 도착하기도 한다.

그 숨은 빛으로 세상과 조우하고 여러 사랑의 형태로 나타
나기도 하고 누군가의 얼굴에 드리운 별의 궤도로 사람들
의 삶과 함께 공전한다. 쓰는 행위 자체에 진정성을 부여
하는 그녀의 문장이야말로 가장 빛나는 그녀만의 장점이
아닐까.

그녀만이 쓰는 문장은 곧 쓰다 만 마음 위로 기록될 것이
고 남몰래 쏠어올린 옷 소매 안으로 파고드는 진솔함과 거

짓 없는 빛의 여백이다. 그녀가 적어 내려간 선과 남겨진
자리에 오롯이 당신의 이야기가 담기길 바라며.

음유시인 정현우

길을 잃었던 밤이 모여 별이 되었습니다. 글 쓰는 몇 평 남
짓한 공간은 때론 기뻤지만, 자주 외롭고 서글펐습니다.
우리는 열정이 최선을 보장해 주지 않는, 한 가지의 성실
보다 나를 많이 나누어 담아야 안전한 시대를 지나고 있습
니다. 저 역시 삶을 지탱해야 할 직함을 등에 업고 자주 멈
춰 서고, 잠시 도망쳐 숨을 고르기도 했으니까요. 나의 문
장이 가야 할 곳을 제대로 알고 가고 있을까 하며 자주 뒤
를 돌아보았습니다.

하지만 그동안에도 저는 늘 글을 꿈꾸고 있었습니다. 제가
그리는 문장이 저만의 것이 아닌, 모든 이의 삶의 무늬이
기에 여전히 씁니다. 이 기록이 그때 전하고 싶었으나 미

처 전하지 못한 말, 곁에 있길 원했으나 그러지 못했던 사람이나 마음이 되어주길 바랍니다. 잠들지 못하는 누군가를 토닥이고, 소화되지 못해 응어리진 풍경이 이내 흘러갈 수 있도록, 빈속의 허기를 채우는 문장이 되어보길 바라봅니다.

마중을 나와 있는 마음들이 있기에 쓰는 일을 멈추지 않았습니다. 사랑하는 나의 부모님, 쓰는 이가 되는 기쁨을 알려주신 노은희 선생님, 충북작가회원님들께 마음을 전합니다. 더욱이 젊은 예술인의 창작활동을 지원해 준 세종시문화재단 덕분에 글에 빛을 더할 수 있었습니다. 쓰는 일은 결국 세상에 흔적을 남기는 일임을. 자신을 돌보고 마음의 계절을 바꿀 수 있는 유일한 일임을, 내내 가져가고 싶은 최소한의 성실이 되기를 바랍니다. 쓰는 이가 되어 기쁩니다. 내가 쓰는 사랑이자, 가장 어린 마음, 순수함으로.

Chapter 1

오래된 일기,
변화의 시작

음지의
환한   면

          —

    자정 가까워질 무렵은 어린 내가 가장 사랑하는 시간이었다. 부단히 하루를 살아낸 모두가 하루를 마감하는 시간, 분주하고 활달했던 낮의 분위기가 차분히 가라앉는 시간, 방문 밖 가족들이 베개에 머리를 대고 단잠에 빠져들 시간엔 무언가에 집중하기 참 좋았으니 말이다. 어둠이 온 세상을 덮으면 사각사각 연필 소리만이 내 귀 끝에 머물렀다. 하루를 톺아보는 그 순간이 좋아서, 기록하는 나 자신이 좋았던 것 같다. 초등학생이었던 나는 하루도 빠지지 않고 일기를 썼다. 그렇게 기록하는 일상은 점차 내 습관이 되었다.

    하지만, 언젠가부터 나는 자꾸만 그런 순간에서 멀어

졌다. 문과생의 신분으로 졸업한 뒤, 내가 좋아하는 글을 전업으로 삼기엔 위험부담이 크다고 판단했으며, 안정적인 직장에 들어가 남들과 비슷한 경로를 가는 것이 옳다고 믿었다. 오히려 내가 원하는 글을 마음껏 쓰기 위해선 직업을 가져야겠다는 마음이 짙어졌다. 동시에 소중한 가족의 자랑스러운 직함이 되고도 싶었던 것 같다.

고달픈 취업 준비 기간, 자소서 작성을 끝내고 자취방으로 돌아오던 그날 밤을 기억한다. 혼자였고, 외로웠다. 내일도 같은 시간, 독서실 같은 자리에 가서 평소와 비슷하게 취업 공고를 스크랩하고, 항목에 맞는 답안을 작성하며, 면접을 준비해야 할 것이었다. 여섯 평 남짓한 자취방에 가만히 앉아 내가 언제 가장 행복했는지 생각했다.

순간 오래된 일기가 떠올랐다. 어릴 적 일기를 쓸 때는 내가 쓸 다음 페이지가 참 궁금했는데, 현재의 나는 다음이 궁금하지 않은 무수한 지원자 중 한 명이 되어 있었다. 본가에 돌아가 먼지가 뿌옇게 쌓인 오래된 일기를 펼쳐 들었다. 피식하고 웃음이 터졌다.

표지도 촌스러운 진분홍 일기장, 초등학생 때 진심을 꾹꾹 담아 기록했던 일기를 보니 그때의 감정이 생생하게 되살아났다. 당시 난 스스로 다 컸다고만 생각했는데 잠시라도 엄마가 눈에 보이지 않으면 불안해하는 아주 어린 아이였다. 한 자리에서 탑처럼 쌓여 있는 일기 뭉치를 단숨에 읽어 내려갔다.

하루를 성공적으로 마무리하는 의례와도 같았기 때문일까. 되돌아보니 어릴 적 난 친구와 노는 것도, 맛있는 과자를 먹을 때도 아닌 일기 쓰는 시간을 가장 좋아했다. 누구도 침범할 수 없는 오롯한 내 세계인 것 같아서 말이다.

이력서를 쓸 때 난 내가 아닌 내가 되어야만 했다. 회사 사람들이 뽑고 싶어 하는 경쟁력 있는 지원자가 되어야 했고, 경력과 강점을 보기 좋게 나열해 나라는 상품을 구미가 당기게 전시해야 했다. 누군가 나의 세계의 크기를 재고 가늠하는 일을 마땅히 받아내야만 했다. 독서실에서 미처 다 완성하지 못한 자기소개서 파일 빈 커서는 계속 깜빡이고만 있었다. 새 파일을 열어 몇 자를 두드렸다.

달칵. 요새 난 자주 같은 문구를 본다. '귀하의 능력은 높게 평가하지만'으로 정중하게 시작하는 이 메일은 그리 달갑지 않은 내용이다. 누군가가 나를 원하지 않는다는 것, 거절당하는 일은 전혀 유쾌할 리 없다. 나와 비슷한 지원자는 무수히 나열되어 있을 테고, 그중에서 내가 과연 진정 뽑고 싶은 지원자일지 스스로 의구심마저 든다. 백 통 가까이 되는 자기소개서와 서류 관문, 인·적성 검사, 심층 면접 등 갖다 붙인 이름도, 탈락하는 단계도, 이유도·갖가지다. 어디서 끝나도 매번 레벨 원으로 돌아와 다시 알까기 퀘스트를 시작해야 하는 건 마찬가지다. 과연 이 길은 언제쯤 끝이 날까. 빛이 보이지 않는 터널에 꽁꽁·갇힌 듯한 느낌이다. 나의 스물다섯은 차갑고 시리다.

드라마나 영화에 나오는 작가처럼 폭포수 터지듯 줄줄 한글 파일을 채우는 기적 따위는 내게 일어나지 않았다. 하지만 몇 시간을 거쳐 뚱땅거리니 뭉쳐 있던 마음이 조금씩 풀어졌다. 원하는 답이나 형식이 정해진 자소서와는 달리 일기에서는 한껏 자유로울 수 있었다. 어느새 번잡하고 요동쳤던 마음이 고요해졌다. 지금 이 시기를 겪는 이가 비단 나뿐만이 아닐 것이라는 생각이 드니 조금은 힘이 되었다. 마음을 써 내려간 뒤로는 내일 써 내려갈 하루가, 미래가 기대되었다. 조급해하지 않고 새로운 미래의 단계를 준비할 수 있게 된 것이다. 오래된 일기는 반복되는 일상에 지쳐 있던 나를 일으켜 세운다. 쏟아지는 햇살처럼 쓰는 기쁨을 맞이하며, 음지에 놓여 있던 내가 서서히 밝아짐을 느끼며.

요즘
세   대

———

이십 대 후반, 지난한 취업 준비 기간을 거쳐 IT 회사에서 서비스 운영자로서의 첫 사회생활을 시작했다. 얼마쯤 지났을까. 서서히 내 일의 윤곽이 드러났다. 나름 높은 경쟁률을 거치고 들어왔음에도, 굳이 내가 이 자리에 서서 꼭 이 일을 해야 할 명분이나 이유를 찾지 못했다. 반복적인 일이 많았고, 간단한 업무 루틴만 익히면 누구든 나를 대체할 수 있는 것만 같았다. 때마다 시기에 맞춰 최선을 다해 살아왔는데 결국 도달한 끝은 이곳이었나 생각에 허망했다.

나의 오 년 뒤, 십 년 뒤는 어떠할까. 내 미래이기도 할 선임을 바라보았을 때 결코 내가 되고 싶은 모습이 아니었다. 요즘을 사는 이들이 모두 그러하듯 나 역시 내가 속한 사회에서 상대적인 우위를 차지하는 것이 가장 중요한 줄로만 알았다. 시키는 것만 성실하게 해내면 되겠지. 모두가 걷는 길을 가는 게 최선의 행복을 보장하는 길인 줄로만 알았다. 시간이 지났을 때 액면가로 받는 월급의 액수만 조금 더 늘어날 뿐, 나아갈 길이 없다는 생각에 암담했다.

매달 한 번씩 나오는 월급을 받고 얌전히 앉아서 공장의 나사처럼, 기계처럼 반복되는 일을 해야 할까. 사무실에 앉아 있는 동안 회의적인 물음이 끊이지 않았다. 주변을 둘러보아도 비슷했다. 월급날만 손꼽아 기다리며 지내다, 막상 그날이 되면 금세 풀이 죽는 친구들이 많았다. 적금이며 전세 대출 이자, 생활비 등 서로 앞다투어 퍼가요를 시전하는 통장들로 막상 그들의 손엔 쥐어지는 돈이 없었기 때문이다.

더욱이 먼 타지에서 떠나 와 서울에서 자취하는 친구들은 상대적으로 더 많은 돈이 나갔다. 숨만 쉬어도 나가는 높은 월세 때문에 허덕이는 날들이 많았다. 월급날이 지나면 또 하루빨리 그날이 다가오기를 기다리며, 쳇바퀴를 굴리는 햄스터처럼 요즘 세대는 달리고 또 달려야만 하는 시기를 지나는 중이었다. 과연 내 삶의 목적지는 어디일까?

회사나 직함은 결코 나를 보장해 주지 못한다는 생각을 한 뒤로 나라는 사람을 많이 나누어 담기 시작했다. 낮엔 회사에 다니고 퇴근 후엔 카페로 가서 글을 썼다. 동시에 직장인으로서 만 4년 차가 되자, 야간 대학원으로의 진학을 결심했다.

물론 사회에서 대학원 진학은 마치 현실에서 벗어나기 위한 도피처이자 부유한 집안 자제의 특권이라고도, 좋은 간판을 따기 위해 가는 수법으로 바라보는 부정적인 시선도 일부 있다는 것을 알고 있었다.

그러나 나는 대학원 진학 선택 앞에서도 문예창작학과 광고마케팅학과 중 취업 시장에서 도움이 될 가능성이 큰 후자를 선택할 정도로 현실적인 사람이었다. 직장 생활을 하며 차곡차곡 모아온 돈을 더 나은 미래를 위한 투자의 일환으로 학업에 투자했다. 자리가 좁아지는 취업 시장 속에서 이처럼 작은 길이라도 확보해 나만의 경쟁력을 갖추어야 한다는 절실한 마음이자, 내 딴엔 소소한 실천이었다.

퇴근 후 졸린 눈을 비벼가며 병행하던 글 작업과 대학원 생활이 힘들지 않았다면 거짓말이다. 퇴근하고 넷플릭스를 보거나 편안한 소파에 누워 부족한 잠을 충전했을 수 있었을 시간을 쪼개어 연구와 논문을 탐구하는 데 보냈으니 말이다. 그래도 더 나아질 미래가 있을 수 있다는 희망으로 버틸 수 있었다.

물론 이처럼 복잡한 삶이 무조건 옳다는 것도, 권장하거나 젠체하려는 것은 더더욱 아니다. 다만 요즘 우리가 사는 세대가 그러하다는 것이다. 하나에만 오롯이 몰입하기보다 대체적인 나를 많이 나누는 것. 이는 하나의 자아가 무너졌을 때 또 다른 자아가 회복력이 되어주기 때문이다.

주변 또래를 보더라도 주제만 다를 뿐 나보다 다양한 생활의 무늬를 지닌 채 삶을 살아가는 청춘들이 많다. SNS 상에서는 취업과 관련된 스펙을 잘 쌓는 방법, 부업으로 일정 수준 이상의 소득 벌기, 일주일 소비 통제하기 등 자신의 삶을 면밀하게 관리하고, 잘 살아내는 방법이 화두가 된다. 열심히 사는 것 자체만으로도 누군가의 선망이자 존경의 대상이 되기도 하니 이처럼 우리가 보내는 사회는 치

열하고, 또 빠르게 흘러간다.

　나를 여럿 나누어 담으며 비로소 난 불안했던 마음을 가다듬고, 확신이 차오른다. 다양한 자아의 나는 지친 현실을 견딜 수 있는 동력이자 혹시나 실패했을 때도 일어날 수 있는 가능성의 계기가 되어준다. 그렇게 난 나만의 방식으로 발자취를 남기고 싶다.

마음의
계   절

글쓰기 강의에선 꽤 다양한 학생들을 만난다. 이야기를 나누다 보면 황량한 겨울을 지나는 이들이 무척이나 많다. 음주운전 차량에 네 살 동생을 먼저 떠나보낸 뒤 아무런 의욕이 사라졌다는 초등학생, 삶의 기준이 늘 자신이 아닌 부모님이어서 스스로 채찍질하며 많이 아팠다는 중학생, 친구를 잘못 만나 흡연, 가출 등 그 나이 때 해볼 수 있는 온갖 비행은 다 해보다가 최근 들어 검정고시를 시작했다는 고등학생, 백 통이 넘는 자기소개서와 무수한 면접을 봤음에도 결국 최종 합격을 거머쥐지 못해 자괴감을 느낀다는 대학생 등 그들이 겪는 마음의 겨울은 저마다 다양했다. 동시에 이들은 모두 자신의 존재 자체에 대한 근원

적 의문을 품고 있었다.

"선생님. 저는 왜 태어났을까요?" "어쩌면 저는 우리 가족 중 돌연변이일지도 몰라요." "왜 제 삶만 이렇게 힘든 걸까요?"

각자의 마음이 겪는 맹렬한 겨울을 몰아내기 위해, 나는 쓰는 일을 먼저 권한다. 하루 있었던 일과 감정을 기록하는 순간만큼은 온전히 자신에만 집중할 수는 있으니. 아프게 했던 과거의 기억과 감정에서 벗어나 한껏 자유로워지는 게 가능하다. 과거에서 빠져나오지 못한 채 힘들어하는 학생들과 '이어령의 마지막 수업'에 나오는 구절과 그의 마지막을 나눈다.

"너 존재했어?
너답게 세상에 존재했어?
너만의 이야기로 존재했어?"

– '이어령의 마지막 수업' 발췌

일평생 기록을 해왔던 이어령 작가는 자신의 임종 장소를 서재로 선택했다. 췌장암 판정 후 항암 치료를 거부한 채 자신이 가장 자신다울 수 있는 장소에서 생의 마지막을 맞이한 것이다. 그는 고생과 아픔까지도 자신의 삶으로 끌어안으며 비로소 봄을 맞이했다. 그의 마지막 계절은 분명 서재에 남아 있었을 것이다. 청량하고 선연한 봄바람과 함께.

　분명 누구의 마음에나 황량하고 매서운 겨울이 찾아올 수 있다. 다만 중요한 것은 앞으로의 내 이야기를 어떻게 써 내려갈 것인지, 마지막 지점을, 마음의 계절을 어디에 둘 것인지를 생각해 보는 것이니. 그 생각과 작은 실천만으로도 우리는 조금씩 봄과 가까워지는 중일 테다.

평행의
정   의

———

직업으로서의 소설가는 왠지 멋져 보인다. 속세의 것들로부터 일정 부문 거리를 둔 채 고고하게 삶을 유지하는 것 같아서. 컴컴한 작업실 속, 머리에 펜을 꽂은 채 고뇌하며 우리가 사는 세상의 지반을 만들어 나가는 듯 보여서. 어떠한 유혹에도 흔들리지 않고 오롯이 자신의 길을 걸어 나가는 사람인 것 같아서. 하지만 일찍이 난 '그것만' 하고선 살 수 없는 성향의 사람임을 깨달아 버렸다.

낮에는 IT 회사 서비스 기획자로 일하고, 퇴근 후 글을 쓴다. 동시에 맛집과 여행 정보를 정리한 일상 블로그를 운영하며, 간혹 불러주는 곳이 있으면 글과 관련된 강연을 다니며, 삐걱거리는 몸을 이끈 채 꾸준히 몸과 마음을 수련하러 가는 초보 요기니이기도 하다. 이런 부산스러운 삶이 만족스러웠음에도 동시에 왠지 모를 부채감을 느꼈던 때가 있다.

현실의 끈을 놔버리지 못해 회사에 다니면서도 계속해서 글을 쓰는 삶을 꿈꿔왔기 때문일까. 그래서 온전히 예술에 삶을 바친 이들보다는 앞서 걷는 환경이 풍족하고 안온하면서도, 또 다른 세계에 대한 갈망을 버리지 못하는지 모른다는 생각이 문득 들었다. 내가 감히 이것을 꿈꿔도 될까. 예술에 모든 것을 바친 이들에게 미안한 마음이 들었다. 복잡했던 내 마음을 함께 글을 쓰는 친구 J에서 털어놓자, 원래부터 쿨한 면이 있는 J는 아무렇지도 않다는 듯 웃어넘겼다. 그리곤 내게 몇 마디를 툭 내뱉었다.

"뭘 걱정이야. 하고 싶은 대로 글 쓰면 되지. 작가는 뭐 사람 아니고 외계인이니? 회사에서 돈 벌어 좋은 옷도 사 입고, 강연하러 좋은 곳도 다니고, 살려고 비싼 돈 내고 운동도 하는 거지. 우리는 그냥 자기가 좋아하는 것을 자기만의 방식대로 충분히 좋아하면 돼. 그게 다 너잖아."

J의 말에 왠지 예술가는 이래야 하지 않을까. 하는 고정관념에 사로잡혀 있던 내 모습이 떠올랐다. 이내 머릿속에선 평행선이 그어졌다. 평행의 정의란 무엇일까. 무수한 내가 누군가의 잣대에 의해 파괴되지 않고 끝없이 이어지는 것. 굳이 남들이 정해놓은 지점으로 모이지 않고, 떳떳하게 두 발을 딛고 서 있는 것.

돌아보니 결국 내 기록의 바탕이 되어주었던 것은 다양한 자아로서의 경험 덕이었으니. 회사원으로서의 나, 누군가의 딸이자 누나로서의 나, 에디터로서의 나, 대학원생으로서의 나는 다양한 빛의 글감이자, 모든 자아가 공존할 수 있는 평행의 바탕이 되어주었다. 선을 뛰어넘어 도망칠 곳이 있다는 건 잠시 숨을 고를 시간을 마련해주는 것과 같다. 거절이나 실패를 사랑해야 하는 직업임에도, 바로 결과가 나오지 않을 수 있음에도 다시 일어설 수 있는 건 내가 다른 자아로서 힘을 되찾고 올 수 있었기 때문이다.

나 좋을 대로 하는 것. 곳곳에 많이 나누어 담아도 좋으니 나만의 방식과 속도로 걷는 것. 결국 내 글의 개성이자 무늬가 되어준다. 이런 나의 글이 비슷한 지점에 있는 평행의 누군가에게 가 닿을 수 있다면 그것만으로도 참 좋겠다. 이렇게 거창한 꿈을 꾸기보다, 그저 매일 무언가를 하며 평행의 나를 꾸준히 이어간다. 소소한 기록도 꾸준히 모이면 큰 힘이 될 수 있으니. 삶의 연대기는 그렇게 이뤄진다.

손
글   씨

———

　지난여름 VIP가 되었다. 'Very Important Person'
이라 기분은 좋다만 감사의 의미로 내게 쏟아지는 VIP용
할인 쿠폰이 그렇게 유쾌하지는 않았다. 얼마나 많이 시켜
먹었는지에 대한 나의 충성도를 가늠할 수 있는 것 같아서
랄까. 늘어난 나의 허리둘레에 "나도 열심히 일조했어." 하
며 나름의 지분을 주장하는 것 같기도 하고 말이다. 한창
재택근무가 일상이던 때, 난 꽤 자주 배달 앱을 열었다.

　쉬워도 너무 쉬웠다. 굳이 음식점에 방문하지 않고도,
사람을 대면하지 않고도 집 앞에서 받아볼 수 있는 신선한
횟감, 뜨끈한 해장국, 시원한 아이스크림이라니. 주문 많은
순으로 야식 업체를 나열한 뒤 쌓여 있는 리뷰를 하나씩

훑어 내려가다 보면 어느새 시간이 훌쩍 지나가 버렸다. 우리는 어느새 대화하지 않아도 넘쳐나는 정보 속 잘 먹고 잘살 방법을 터득한 것이다.

편리한 점도 분명히 있지만, 한껏 생경해진 요즘 풍경이 눈에 들어왔다. 코로나 시국이 한창 심각할 때는 마치 첩보물 찍듯 마스크로 꽁꽁 중무장한 뒤, 조심스레 엘리베이터를 타는 일이 잦았다. 마트에서도, 회사에서도 부딪치지 않으려 주춤거리며, 재채기라도 한 번 하면 찌릿한 눈빛으로 흘겨보았으니 말이다. 조종사, 승무원, 자영업자 등 연일 뉴스에서는 코로나 시국에 영향을 받는 직업군을 읊어댔고 혹여나 나나 나의 사람들이 그 범주에 포함되지 않을까 늘 떨어야만 했다.

딩동. 이런 모습이 꽤 서글프다는 생각에 흠뻑 빠져 있을 때 초인종이 울렸다. 문을 열고 음식을 가져오려는데 봉지 위에 붙여진 손글씨에 눈길이 갔다.

고객님. 주문해 주셔서 감사합니다.
힘들었던 일상 속 조금이라도 힐링이 되길 바라는
마음으로 정성껏 준비하였습니다. 맛있게 드시고 건강하

세요.

곱게 쓴 손글씨에 마음이 저절로 풀어졌다. 포장지 위 메모를 자세히 살펴보니 사장님이 직접 쓴 것 같은 필체의 '진짜 손글씨'였다. 물기가 있는 손이 가 닿으니 글씨 윗부분이 잉크처럼 번져 나갔다. 펜촉을 넘어 전해지는 온기를 느낀 채, 배달 음식도 뜯지 않은 채 한참 멈춰 섰다.

손글씨가 다른 것보다 더욱 특별하게 느껴지는 이유는 무엇일까? 아마도 쓴 이의 정성과 마음을 가늠하기 때문일 테다. 글이라는 건 어쩐지 그런 마음이 들어서. 글 쓰는 사람의 성정과 나와 상대에 대한 예의가 느껴지는 특별한 것이라서. 내게 단순한 정보 그 이상으로 다가온다. 손글씨로부터 받는 감동이 크기 때문일까. 나는 자주 내 글을 사랑해 주는 독자나 친구, 가족 등 나의 VIP들에게 손글씨로 안부를 전한다. 결코 대체될 수 없는 마음은 이 세상 하나뿐인 글씨로 꼭 쓰고 싶어서 말이다.

요즘엔 컴퓨터에도 손으로 직접 쓴 것 같은 글씨체가 다양하다. 기계가 쓴 것이 아닌 것처럼 보이게끔 일부러 삐뚤빼뚤 자연스럽고, 투박하다. 이러한 손글씨로의 회귀는 어쩌면 가장 인간적인 것, 고유의 것에 대한 모두의 향수가 아닐까. 어린 시절 오래된 일기장을 펼쳤을 때, 가장 큰 감동은 연필로 꾹꾹 눌러쓴 손글씨를 읽으면 그날의 나의 감정과 추억이 생생히 되살아난다는 것이었다. 문장을 읽으면 그 시절로 되돌아간 것 같아서, 아주 어린 마음과 풍경이 눈앞에 그려지는 것 같아서 말이다.

소설조차 기계가 대신할 수 있다는 시대이지만, 끝끝내 변치 않는 마음이 남아 있다면 사람이 글을 쓰는 일은 분명 살아남을 것이다. 손으로 쓰는 맛을, 제 일상을 스스로 기록하는 일을, 옛것에 잠시 머물러 음미하는 일을 잊을 수 없으니까. 가끔 편한 것이 좋은 것만은 아니라고, 조금은 투박한 것이 오히려 누군가의 마음에 깊은 울림이 될 수 있음을 기억하며. 또박또박 눌러 쓴 글자 하나하나에 마음을 담는다.

유
영 (遊泳)

블로그는 만천하에 공개된 나의 거대한 기록장이다. 대학생 때부터 써온 개인 블로그에는 벌써 이천 개가 넘는 글과 사진, 그리고 영상이 들어 있다. 이젠 지나간 사람이 되어버린 옛 연인과의 추억과 드래곤볼의 원기옥처럼 모은 나의 에너지를 모두 갈아 넣을 만큼 열정적이었던 대외활동, 바지런하고 건강하게 일상을 가꾸어 나가고 싶은 나의 염원과 이국적인 곳으로의 여행 추억 등이 함께 녹아 있다.

새로운 만남과 이별, 청춘의 활력이 모두 들어 있는 마치 보물창고와도 같은 그곳. 사진과 영상을 넣어 가볍게 쓸 수 있다는 것도 좋았지만, 이름 모르는 사람들과 자유롭게 소통할 수 있다는 것 역시 매력적이었다. 무언가 바라고 쓰지 않았지만, 이처럼 건강하고 꾸준한 기록은 내게 큰 도움이 되었다. 어느 순간은 입사나 승진에 도움이 되는 신빙성 있는 포트폴리오가 되어주기도, 어느 순간은 성실한 습관의 토대이자 내가 누구인지 상대에게 쉽고 자세하게 증명할 수 있는 착실한 자료가 되어주기도 했으니. 어쩌면 구구절절 나를 설명하는 것보다, 짧은 블로그 주소 하나가 더 큰 힘을 발휘할 때가 많았다. 이처럼 블로거 생활을 즐기며 일명 1일 1 포스팅을 즐기다 보니 자연스레 하루 방문자 수와 이웃 수가 늘어났다.

그런데 어느 순간부터 강박적인 마음이 들었다. 블로그 기록장이 내게 즐거움이 아닌 족쇄처럼 다가온 것이다. 파워 블로거로서의 인기가 높아지자 힘들게 거머쥔 명예를 놓치고 싶지 않았다. 하루에 백 명이 채 오지 않으면 혹시나 포스팅이 누락되지 않았을까 전전긍긍하기도 하고, 저품질에 걸릴까 봐 키워드를 신중하게 고르고 골라 발행하기에 이르렀다. 1일 1 포스팅 원칙을 깨트리지 않기 위해 바쁜 날에는 예약 글까지 걸어두는 치밀한 면모를 보였다.

친구와의 만남, 가족 간의 약속에 나가도 블로그에 올릴 콘텐츠를 물색하거나 인기가 많을 맛집과 카페를 찾아다니기에 바빴다. 직접 대면하는 이와의 소중함은 등한시한 채 인터넷상의 가상 관계에만 목을 맸다. 구준한 답방과 소통을 유지하지 않으면 동시에 블로그 인기도 떨어질 수밖에 없는 구조였으니 말이다.

하루를 기록하는 순수한 즐거움은 사라진 채, 마치 기계처럼 글을 쓰는 나의 모습이 수면 위로 두둥실 떠올랐다. 눈을 뜨고 잘 때마다 휴대전화를 쳐다보는 일이 많았다. '좋아요'를 누르고 답방을 가는 건 내 블로그에도 찾아와달라는 무언의 신호였으며, 나도, 내 블로그를 찾아오는 상대도 나중엔 이 시간이 모두 부질없고 덧없다는 것을 알고 있었다. 꾸미고 가장하는 이 관계 속에서 나는 서서히 질려가고 말았다.

SNS에 중독된 채 자신의 모든 일상을 콘텐츠화해 보여주려는 이들을 예전엔 한심하게 생각했는데, 오히려 그들의 입장이 조금이나마 이해가 되었다. 액면가로 보이는 수치가 너무도 명료했고, 실시간으로 달리는 누군가의 답글이 그날의 기분을 좌우할 수 있을 정도였으니 말이다.

무언가를 바라고 쓴 글은 진정 내 모습이, 내 기록이 아니었다. 내 모든 일상을 촘촘히 사랑하기로 했던 방식이 변질되어 내 일상의 흐름을 망치고 있던 것이다. 자발적인 자중의 시간을 겪은 뒤, 요샌 아무리 인터넷상이더라도 진심으로 우러나온 기록을 하려 노력한다. 아이러니하게도 블로그에 자유로운 내 감정을 기록하고, 나의 기호와 꾸밈없는 일상의 단면을 공유하기 시작한 이후로 진심으로 나를 응원하고 지지해 주는 이웃들을 만나게 되었다. 더는 방문자 수에, 누군가의 답방과 공감, 그리고 댓글에 연연하지 않는다.

쓰는 일은 있는 힘껏 자유로워야 한다. 누군가의 시선을 의식해, 타인의 강제에 의해 기록한다면 결국 피상적인 글밖에 되지 않으니. 근원적인 마음의 갈증과 허기를 해소할 수 없다. 나를 돌보고 가장 사랑해줄 사람은 나 자신밖에 없다. 자유로이 기록하는 마음으로 더 너른 들을 거닐 수 있는 것이다. 진심에서 우러나오는 글을 생활의 리듬이자 건강한 원동력으로 삼는 것. 이 지점에 쓰는 것의 의미가 있다. 진실한 나를 만나기 위해 오늘도 나는 순수한 자아와 조우한다.

진한
찰　　　　나　　　　　　　——

　　팔월, 스페인의 내리쬐는 햇볕으로 이미 겨드랑이에
선 폭포수가 터지고, 등골까지 땀은 줄줄 흐르고 있었다.
무거운 카메라를 들고 다니느라 목과 어깨는 빠질 것 같
았고, 연일 셔터를 눌러댄 손가락에도 힘이 들어가지 않
다. 유럽까지 왔으니 모든 순간을 놓쳐선 안 된다는 강박
이 들었다. 내가 사진을 찍는 것인지, 내가 찍힘을 당하는
것인지 모를 정도로 셔터를 누르다 이내 지쳐 벤치 위로
널브러졌다. 도저히 풍경을 눈과 마음에 담을 여유 따위는
없었다. 어느 소담한 길목을 찾아 헤매다 겨우 들어간 카
페에서 음료를 고르려는데 메뉴판 아래에 영어로 이 문장
이 적혀 있었다.

'마음으로 기록되지 않은 것은 기억되지 않는다'

테이블에 앉아 땀을 식히고 아메리카노 한 잔을 쭉 들이마셨다. 마음에 여유가 생기니 그제야 풍경이 눈에 들어왔다. 강력한 원색의 카페 인테리어, 그리고 통창 너머로 펼쳐진 수채화 같은 스페인의 풍경이, 이국적이고 낯선 정취가 말이다. 키를 훌쩍 웃도는 푸르른 나무들과 파란 물감을 풀어놓은 듯 청량하고 맑은 하늘. 행인들은 느린 발걸음으로 평화롭게 마을을 거닐고 있었다.

중요한 장면을 한 컷이라도 놓치지는 않을까 한껏 긴장되어 있던 마음에 작은 창을 낸 듯 선선한 바람이 불어왔다. 더위를 한걸음 물리친 뒤에야 겨우 정신을 차린 나는 카페 사장님께 메뉴판에 적힌 문장의 뜻을 물어보았다.

"세뇨리따. 아마도 당신의 바로 전을 일컫는 말이었을 테요."

백발이 성성한 그는 함박 웃음을 지어 보이며 말했다. 사장님의 말뜻을 알아듣자 얼굴이 홧홧하게 타올랐다. 여행자로서 나는 종종 기록의 본질을 잊을 때가 있다. 낯선 풍경에 왔다는 것에만 심취한 채 눈과 마음에 그 풍경을 먼저 담으려 하지 않았기 때문이다. 기계를 통해 바라본 풍경의 모습 속에 진정한 향유와 울림은 사라져 간다.

"그러니 아가씨. 흘러갈 오늘을 놓치지 말고 마음으로 기록하세요."

이어진 사장님의 말에 통창 너머로 따스한 햇볕이 들어왔고, 풍경이 윤슬처럼 반짝였다. 어쩌면 풍경은 모두에게나 공평한 것인지 모른다. 다만 그것을 받아들이는 사람의 태도만이 다를 뿐. 진정한 기록을 위해서 먼저 마음으로 온전히 받아들인다. 가령 모두에게 쏟아지는 공평하고도 다정한 봄날의 벚꽃길을 걸으면서, 형용할 수 없을 정도로 좋아하는 이의 눈을 지그시 마주하면서 창틀에 걸린 짙푸른 달의 아름다움을 느끼면서, 새벽 내 주운 폐지를 당신보다 더 등이 굽은 이의 빈 수레에 몰래 얹어주는 할머니를 보면서.

최근엔 미술관, 박물관, 여행을 가더라도 그 작품에 온전히 집중해 흠뻑 녹아들기보다 그 장면에 심취한 나를 찍는 이들이 많다. 작품을 바라보는 나, 좋은 곳을 방문한 나. 마치 본인이 이토록 좋은 것을 향유할 수 있는 능력이 되고, 즐기는 안목이 있음을 과시하기 위한 것처럼. 그래서 SNS 공간은 그 사람의 가장 빛나는 순간, 삶의 하이라이트만 모아놓은 전시관이라는 말이 있지 않은가. 물론 나 역시 그러한 사람 중 예외는 아니었으니.

하지만 요샌 무언가를 볼 때 기기를 먼저 들이미는 것보다 충분히 그 장면에 녹아들어 음미하기로 한다. 나와 풍경 사이에 찬찬히 사유하고 응시하는 시간을 갖는 것. 어쩌면 그것이 더 진하고, 깊게 순간을 기억하는 방법이지 않을까. 팔월의 스페인은 그렇게 내게 가르침을 준다.

가장
어린   마음

—

좋겠다, 넌

좋겠다, 넌

숙제 안 해도

꿀떡꿀떡 분유 먹고

푸욱푸욱 똥만 싸도

엄마가 칭찬해주니까

좋겠다, 넌

– 글쓰기 수업 일 학년 '안지예'의 글

나무는 나보다 옷이 많다

나무는 나보다 옷이 많다
봄엔 분홍색 벚꽃 모자 썼다가
여름엔 초록 잎 민소매 입었다가
가을엔 단풍 가디건 갈아입으니
겨울은 하얀 눈 점퍼로 몸을 꽁꽁 감싼다
나무는 확실히 나보다 옷이 많다

아, 무엇보다
엄마한테 매번 사달라고 조르지 않아도 되니
나무는 얼마나 좋을까?

- 글쓰기 수업 삼 학년 '김지훈'의 글-

직장인이 되기 전, 아이들에게 논술을 가르친 적이 있다. 때때로 아이들의 작품을 보며 깜짝 놀랄 때가 많았다. 엉뚱한 표현임에도 마음을 움직이는 힘이 있어서다. 글은 딱 떨어지는 정답이 있거나 굳이 과장하지 않아도 되는 장르다.

과거엔 글은 무릇 논리적이고 정확한 표현만으로 써야 한다는 생각이 있었다. 하지만 아이들과 함께 쓰며 글에는 어떠한 형식도, 답도 없으며 진심을 담아 쓴다면 모두 답이 될 수 있음을 배운다. SNS를 살피다 보면 남들의 인생은 화려하고 다채로운데, 내 인생은 별것 없는 것처럼 느껴질 때가 있다. 반짝이는 야경이 내려다보이는 호텔도 가지 못했고, 스타 셰프의 별 다섯 개 파인다이닝 문 앞에도 가보지 못했으며, 마음을 나눌 소중한 연인도, 다정한 안부를 물을 친구의 연락도 없는 것 같을 때 우린 급속도로 우울해진다. SNS에 올리는 다른 이들의 일상은 완벽한데, 왜 나만 이런 것일까 생각하며 말이다.

더욱이 내 일상은 지극히 평범한데 이런 것마저 기록해도 괜찮겠냐 오히려 반문하는 사람들도 있다. 하지만, 근사하고 반짝이는 것만이 다는 아니다. 온갖 미사여구와 기술로 범벅이 된 글로는 진심이 담긴 기록의 힘을 이길 수 없으니.

아이의 말을 수집하며 나는 쓰는 일의 기본을 배운다.

태어나 세상에 첫발을 내딛고, 첫 풍경을 눈에 담는 아이의 모습은 그 자체로도 귀하다. 아이들의 기발한 글을 모두 정답으로 채점하면서 나 역시 깨달음을 얻는다. 아이들까지 포용할 수 있는, 진심을 담는 표현을 써야지 하고 말이다.

그것이 내가 쓰는 사랑이자, 가장 어린 마음, 순수함이었으면 한다. 기록의 정답은 밖이 아닌, 바로 내 안에 있으므로. 때마다 옷을 갈아입는 나무의 모습처럼 그저 내 곁을 스치는 하루를 담백하게 적어 내려가다 보면 분명 아름다운 결실을 볼 수 있을 테니. 서서히 나이테를 늘려가는 묵묵한 나무처럼 우직한 기록의 힘을 믿는다.

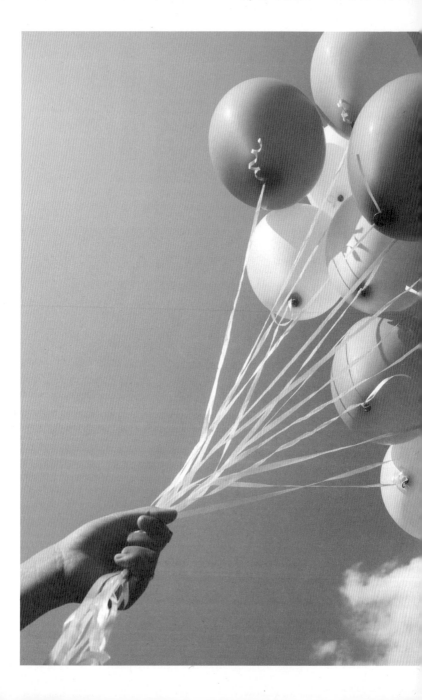

불완전한
시선의　　　　무결함 ——

김미옥. 일흔다섯. 알츠하이머 환자. 과일 가게 앞 정류장.
3315나 3314 버스. 두 정거장 후 하차할 것. 편의점 옆 빨
간 지붕. 첫 번째 화분 밑 열쇠.

　유산소 운동을 하기 위해 나왔다가 길바닥에 버려진
쪽지 하나를 발견했다. 앞면엔 세 글자 이름이, 뒷면엔 마
치 암호 같은 낱말만이 나열되어 있을 뿐이었다. 머릿속
조합을 해보니 얼추 그림이 그려졌다. 펜으로 꾹꾹 눌러쓴
손글씨에선 일흔다섯 노인의 귀갓길을 걱정하는 누군가의
세심한 마음이, 따뜻한 성정이 담겨 있었다. 꽤 중요해 보
이는 이 쪽지가 왜 차가운 길바닥에 놓여 있는 것일까.

주변을 둘러보니 가능성이 있을 법한 곳이 너무도 많았다. 간판이 번쩍이는 주 야간 보호센터와 허름한 동사무소가 먼저 눈에 들어왔고, 그 뒤엔 이제 막 생긴 재활 운동 센터와 각종 병원 간판이 보였다. 저쪽일까. 아니 저쪽일 거야. 쪽지의 출처에 대해 무수한 가능성을 조합하며 이리 저리 발걸음을 옮겨 보았지만 확신이 서지 않았다. 이내 머리가 지끈거렸다. 과연 노인은 안전하게 집에 잘 들어갔을까. 어느새 운동은 뒷전. 가늠하지 못한 노인의 시간 속에서 난 한참 헤맸다. 옷깃을 여미게 하는 쌀쌀한 겨울이 우리 곁을 찾아온 때였다.

혹시나 작은 단서라도 발견할 수 있을까 싶어 쪽지를 이리저리 살피던 차, 끝부분에 아주 작은 글씨로 쓰인 번호가 눈에 들어왔다. 한참을 고민하다 핸드폰을 손에 들었다. 누군가는 오지랖이라고 할 수 있겠지만, 어딘가에서 찾는 이의 마음은 아주 아득하고 애탈 수 있을 테니.

수화음이 몇 번 울리자 젊은 여성의 목소리가 들렸다. 자초지종을 말하자 여자는 자신을 노인의 딸이라 소개하며 연신 감사를 전했다. 평소 하도 혼자 다닐 수 있다고 주장해서 가까운 거리는 어머님 홀로 보내지만, 최근 치매 진단을 받은 뒤로는 걱정되는 마음에 꼭 쪽지를 주머니에 넣어드린다고 했다. 돌아오는 길에, 당신도 모르게 어디선가 쪽지를 떨어트리신 것 같다는, 어머님은 잘 들어왔으니 안심하라는 말이 이어졌다.

마음이 놓였다. 연일 보도되는 뉴스 기사와 자극적인 영상에선 편을 가르고 서로에 분개하는 마음이 들끓는다. 우린 타인에 관한 관심이나 사랑이 점멸하는 시기를 보내고 있다. 쉽게 분노하며 제 마음 한편을 내어주지 않으려 하는 것이다. 그런데도 작은 쪽지에 꾹꾹 눌러쓴 어떤 이의 마음은 주목해야 하는 이유는, 그 대상이 나일 수도 혹은 나의 소중한 사람들이 될 수 있기 때문이다. 보살핌이 필요한 이의 홀로서기이자 단단한 일상을 만드는 기록일 수 있다는 생각에까지 미친다.

아무렇게나 벗어둔 양말이나 짝이 없게 된 에어팟 한쪽과 같은 쓸모없는 존재란 없다. 부족함과 불완전함 속에서도 각자의 균형과 리듬으로 살아가고 있으니. 단단한 일상을 만드는 누군가의 기록을 살뜰히 응원해 주는 것, 따뜻한 시선으로 바라봐 주고 곁을 내어주는 것. 다만 이 작은 시선만이 우리에게 가장 필요한 것이 아닐까.

최소
단위의　　성실 ——

　드르륵. 드르륵. 울리는 진동벨을 든 채로 픽업 대에 갔는데 시킨 적 없는 초코칩 쿠키 한 개가 쟁반 위에 올려져 있었다. 의아한 표정으로 사장님을 올려다보는데 나를 향해 싱긋 웃으시는 것이 아닌가.

　"내일 또 쓰러 오실 거죠? 이건 덤이에요."

　자주 가는 카페, 로스팅 바 바로 옆 구석진 자리는 일종의 고정석이었다. 그곳에 앉아 내내 쓰다 보니 자연스레 커피며 에이드며 카페에 있는 모든 음료 종류는 다 마셔본 것 같았다. 매일 눈인사는 했지만 사장님이 나를 알고 계시는지는 몰랐는데, 왠지 카페 내 요주의 인물로 찍힌 것만 같아 머쓱하게 머리를 긁적였다.

"무슨 글을 그렇게 쓰세요?"

"하하. 일기도 쓰고, 글도 쓰고 이것저것요."

사장님의 물음에 쑥스러워진 난 장황한 대답 대신 가방에서 첫 소설집 한 권을 꺼내 건넸다. 호기심 가득한 눈빛으로 내가 쓴 책을 살피는 사장님의 표정이 꽤 밝고 들떠 보였다. 그 뒤 퇴근 후 오후 여섯 시 삼십 분, 북적거리는 시간이었음에도 이상하게 그 자리만큼은 늘 비워진 채였다.

에어컨 바람이 바로 오지 않으며 적당히 볕도 들고, 의자도 푹신해 노트북 작업을 하기 딱인 공간. 그 때문에 난 항상 반가운 마음으로 고정석을 향해 갔다. 카페에 들어서면 매번 처음 온 손님처럼 반갑게 맞아주시던 사장님. 그 정겨운 눈빛과 응원을 받으며 글을 줄줄 써 내려가는 시간이 그저 좋았다. 이처럼 단골 카페에 가서 매일 일정 분량 이상의 글을 쓰는 것은 내게 최소 단위의 성실이었다. 퇴근 후 나를 위해 쓰는 유일한 시간을 즐기며 한껏 자유로워질 수 있었기 때문이다.

종종 사장님은 매일 쓰러 오는 나를 위해 든든한 토스트를, 집에서 삶아온 달걀을, 신선한 사과 한 쪽씩을 내어주셨다. 누군가의 꾸준한 열정을 응원해 준다는 건 굳이 말을 하지 않아도 큰 힘이 되기 마련이다. 어느 날, 사장님이 내게 말했다.

"사실 온종일 카페에만 있으면 답답할 때가 많거든요. 손님을 보며 저도 매일 기록하기 시작했어요. 오늘 하루 바깥 풍경은 어땠는지, 카페를 찾은 손님 중 기억에 남는 분은 없었는지. 로스팅한 원두의 풍미는 어땠는지, 케이크는 적당하게 구워졌는지 아주 사소한 것까지요. 참 이상한 게, 쓰기 시작하면서 요샌 매일 더 즐겁더라고요. 오늘은 또 무슨 기록할 거리가 있을까 생각하며 말이죠. 작가님. 앞으로도 자주 와주세요."

반짝이는 눈빛으로 내일 또 오실 거죠? 하며 묻는 사장님의 응원 덕에 나는 그곳에 가는 발걸음을 차마 멈출 수가 없다. 몇 평 남짓의 카페가 자신의 세계의 끝이라 생각했던 카페 사장님의 시야가 기록을 통해 더 넓어진 것만 같아서, 스스로 흥에 겨워 하루를 시작할 수 있게 된 것 같아서. 나의 최소 단위의 성실이 누군가에게 가 닿아 그의 감정을, 행동을 더 나아가 삶에 대한 태도를 바꿀 수 있음이 참 기묘하다. 마음을 나누는 단위를 성실이라고 생각한다면, 기꺼이 성실한 기록자로 살고만 싶다. 누구의 마음에나 가 닿아 피어나는, 들꽃 같은 글을 그리며. 수수하지만 힘 있는 진솔한 문장으로 독자에게 다가가고 싶다.

연관

검색   어

———

'참 신기하지? 검색하니 네가 나왔어.'

 연락이 끊긴 지 꽤 오래된 친구가 댓글을 남겼다. 어느 순간, 연관 검색어를 타고 들어왔다가 너를 발견하게 되었다고. 우연한 검색으로 다시 이어진 우리의 인연은, 금 간 마음을 다독이는 하루의 위로이자 삶의 빛이 되어주었으니. 그녀의 말에 놀란 것도 잠시 어쩌면 경건해졌던 것 같다. 정밀하게 쌓인 기록 속, 너와 나를 이어주는 무언의 데이터들. 추억 속 서로를 살게 했던 아득한 그리움이 어쩌면 나의 흔적을 끌어당기지 않았을까. 그래서인지 요즘은 짧은 글을 적을 때조차 조심스럽고 신중하다. 내 의

지와 삶의 행태는 또 다른 이의 아침이 될 테니. 비단 내가 세상에 존재하지 않게 되더라도 남아 흐를 기록을 쓰며 쓰는 이의 태도를 되새긴다.

상처의
좌   표

━━

　수학 문제처럼 우리가 사는 세상도 답이 있듯 딱 떨어지기만 하면 얼마나 좋을까. 원하는 목표를 이루는 과정 혹은 인간관계에서 우리의 삶은 완벽한 한 폭의 명화라기보단 이리저리 휘갈겨 쓴 어린아이의 한글 연습장에 더욱 가깝다. 도전과 실패의 반복, 상대가 나와 같지 않음을 발견하는 과정 속 진력이 날 때가 있다.

　의도치 않았던 계기로 꽤 친했던 고등학교 친구와 멀어졌던 적이 있다. 중간에서 다른 친구가 전한, 사실이 아닌 말로 깊은 오해가 생긴 것이다. 워낙 함께 보낸 세월이 길기에 이리저리 이어 붙이려 갖은 노력을 다 해보았지만 허사였다. 작은 불씨에서 번진 들불은 꺼질 새를 몰랐다.

진심을 담은 손 편지를 친구의 허리춤에 몰래 찔러줘도 보고, 용기 내어 먼저 전화도 해보았지만 돌아오는 반응은 냉담할 뿐이었다.

그 누구의 잘못도 아니었으며 그저 타이밍이 맞지 않았을 뿐, 우린 그렇게 각자의 길을 택했다. 처음엔 그래도 우리가 함께 보낸 시간이 있지, 그 힘든 입시를 같이 겪었는데 하는 미련이 남았던 것도 같다. 오죽하면 사이가 멀어진 친구가 꿈에도 나올 정도였으니. 이른 아침, 홀로 일어나 마른세수로 눈물을 씻어낼 때가 있었다.

그 상황에서 내가 이렇게 행동했다면 달라졌을까. 조금 더 먼저 손을 내밀었으면 달라졌을까. 하며 무수한 가정 속에서 혼자만의 시나리오를 써갔다. 그럴수록 마음이 아픈 건 내 쪽이었다. 부정적인 감정을 직면하는 게 두려웠지만, 매일 기록하는 약속을 스스로 한 이상 자연스레 그날의 감정 역시 글로 담겼다.

왜 그 친구의 마음은 나의 마음과 같지 않을까. 비슷하다고 생각했지만, 결국 우리는 서로 아주 다른 사람이었던 걸까? 우울하고 아프다. 친구의 SNS를 보면 나는 안중에도 없이 행복하게 잘 사는 것만 같아 억울하고 비참하다.

가감 없이 써 내려간 글을 한 번 읽을 땐, 그때의 감정이 들불처럼 번지고 숨이 가빠왔다. 두 번 읽었을 땐 처음만큼 아프지 않았고 살짝 욱신대는 정도였다. 시간을 두고여러 번 읽으니 조금 더 초연해졌다. 해소되지 못한 감정을 빈 종이에 폭포처럼 쏟아내니 오히려 정화되는 느낌이었다. 거리를 두고 보니 새삼 그렇게 나의 마음이 초췌하지도 암담하지도 않았다. 그 시절 우리의 인연은 딱 거기까지였고, 이외에도 나를 사랑해주고 아껴주는 사람들이많으니 남은 에너지를 그들을 위해 다 써도 모자란 것을.

상처에 좌표를 찍으면 이제 새로운 곳을 향해 걸어갈일만 남게 된다. 멍들고 곪아 있던 상처를 직시하고 써 내려가는 것. 그 문장을 계속해서 읽어보는 것만으로도 우리는 조금씩 나아지며 자신을 옥죄고 있던 부정적인 감정으로부터 해방된다. 밝고 화창한 양지가 나를 기다리고 있음이 자명하니, 시간이 지나며 글을, 감정을, 에너지를 현명하게 쓰는 방법을 조금씩 깨닫는 중이다.

Chapter 2

기록 지도를
그리는 마음

어떤 하루의
풍   광

——

#글감노트

하늘에 구멍이라도 뚫린 듯 비가 퍼붓는 날이었다. 이런 날이면 혹시나 사고가 생기지 않도록 몸에도 긴장이 바짝 들어간다. 교차로 앞에 차를 대고 멈추어 다음 신호를 기다리던 중이었다. 그때 거동이 불편해 보이는 할아버지 한 분이 한 손으론 지팡이를, 다른 한 손으로는 우산을 든 채로 힘겹게 신호를 건너고 계셨다. 십. 구. 팔. 칠. 보행자 신호는 계속 줄어가고 아직 한참 많은 거리가 남아 있었다. 야속하게도 신호는 빨간 불로 바뀌고 신호등과 남은 거리를 번갈아 보던 할아버지는 더욱 당황하신 듯 보였다. 이걸 어쩌지. 내 등 뒤에서도 식은땀이 흘렀다.

그때 반대편 교차로에 서 있던 젊은 청년이 주저 없이

배달 오토바이에서 내려 할아버지 곁으로 뛰어가는 것이었다. 마치 아이의 서툰 걸음을 기다려 주는 부모의 자애로운 마음으로, 할아버지의 속도에 발맞추어 안전하게 보도를 건넜다. 주변에 있는 운전자에게 꾸벅이며 대신 양해를 구하고 혹시나 그가 불편해하지 않을까 배려하며 부축하는 모습이 쏟아지는 빗물 사이로 선명하게 들어왔다. 당황했을 노인은 마음을 내어준 청년의 손을 잡고 연신 감사 인사를 전했다. 속도가 생명인 배달임에도 주저 없이 시간을 내어준 청년이 난 참 대단하다고 느꼈다.

글감 노트를 펼쳐 든 그날 밤, 주저 없이 청년의 모습을 떠올렸다. 연일 연소자와 노인 간의 갈등이 점화되던 시기, 상대가 자신에게 하는 말 마음에 들지 않아서, 나이가 많다는 이유만으로 훈계하려 하는 행동이 마땅치 않아서 우리는 서로를 향해 쉽게 얼굴을 붉히고 언성을 높였다. 어느새 우린 서로가 살아온 삶의 궤적을 존경하거나 이해하려는 마음이 부족한 시기를 걷고 있었고, 그 속에서 각자가 서 있을 자리는 계속 좁아지는 중이었다. 그 지점 속 청년이 보여준 모습이 어찌 그렇게 귀하고 따스하던지.

누가 더 낫다고 할 것 없이 사람을 사람으로서 존중하

고, 모자란 부분을 서로 채워나가려는 것. 기대어 살고 품어나가려는 모습 속에서 우리가 나아갈 미래를 본다. 이런 따스한 글감을 적어 내려가는 밤은 역시나 마음도 포근하다. 나의 시각으로 바라본, 내가 살아낸 어떤 하루의 풍광은 살아 있는 글감이 되어준다. 무심코 스쳐 지나갈 수 있었을 어떤 날의 한 마디나 사건이, 잠시 멈추어 섰던 상황은 글의 처음을 틔워주는 씨앗이 되어주니. 언제든 손을 뻗어 펼쳐 내가 잠시 머물렀던 순간과 문장을 꺼내 본다. 글감을 적어가며 빠르게 번지고 흐르는 세상 속에서 마음을 다잡는다.

닫힌
방

#감정노트

굳게 닫힌 방 앞에서 마음이 왠지 불편했다. 밥은 드
셨는지에 대한 나의 질문에도 그저 고개만 끄덕일 뿐이었
다. 퇴근 후 집에 돌아온 아버지는 아무 말 없이 방에 들어
가 밀린 잠을 청하듯 계속 누워만 계셨다. 워낙 과묵하신
분이었지만 특히나 딸인 내게 살뜰한 표현을 아끼지 않는
분이었으니 평소와 분명 달랐다. 혹시 내가 무심하게 뱉었
던 말이 있을까? 챙기지 못한 마음이 있지는 않았을까? 뒤
돌아 생각해 보니 바쁘다는 핑계로 난 자주 곁에 있는 아
버지에게 진심을 전하지 못했던 것 같다. 해야 할 일과 써
야 할 글들은 산더미처럼 쌓여 있었고, 마치 야구 배팅장
에서 날아오는 공을 쳐 내듯 빠르고 정확하게 처리해 내야

했으니 말이다.

곰곰이 생각해 보니 내 건강이나 안부를 묻는 그의 말을 무심하게 대했던 날들도 있었다. 아버지가 날 보면 으레 건네시는 '잠은 좀 잤니'. '아픈 덴 없니'와 같은 안부를 들으면 스스로 나약해지는 것 같아서, 그 소리를 듣는 게 싫고 귀찮았다. 인간이 사는 가장 기본적인 욕구인 수면이나 식욕 역시 당시의 내겐 그리 중요한 게 아니라는 생각으로.

나를 많이 나누어 담는다는 건 다양한 자아로서 내가 이룰 수 있는 가능성도 크지만, 그만큼 에너지를 많이 소모해야 하는 일이기도 했다. 아버지는 시간을 쪼개 사는 딸이 안쓰러웠고, 방해가 되지는 않을까 배려해 주시는 편이었다. 글과 관련한 행사에서 지방까지 내려가야 할 일이 있으면 늘 차로 태워다주시는 일을 마다하지 않으셨으니 말이다.

그 마음이 너무도 마땅하고 당연하다고만 여겨 귀함을 잊고 살지는 않았을까. 내 감정만 소중해서 기록하다 보니 도리어 소중한 사람을 놓치지 않았나 하는 생각이 들었다. 세상 모든 짐을 나 혼자만 짊어졌다고만 생각했다.

내 마음을 살피기 위해서 나에 대해 쓰는 일이 가장 중요하다고 생각했다. 한 번도 아버지의 마음을 들여다보기 위해 애쓴 적이 없었다.

젊은 시절, 아버지는 어떤 사람이었을까. 아버지가 좋아하는 것은 무엇이었을까. 수십 년간 회사 생활을 해오며 지금 위치에 올라가기까지 힘든 것은 없으셨을까. 아버지의 어떠한 날을 가늠해 보는 일은 무척이나 생경한 일이었다. 시간이 얼마나 지났을까. 깜깜한 주말 저녁, 아버지는 한껏 개운해진 표정으로 방 밖으로 나오셨다.

"요즘 들어 업무가 많아서 피로했는데 푹 자니 괜찮네. 역시 잠이 보약이야."

아무 일 없다는 듯 허허 웃으시는 아버지를 보고 내심 안심이 되었다. 치킨과 맥주를 사이에 두고 우린 함께 늦은 저녁밥을 먹고 동네 어귀를 산책했다. 요샌 갑자기 늘어난 업무 때문에 정신이 없었을뿐더러 성과를 내야 하는 시즌이라 힘에 부쳤음을 털어놓으시는 아버지의 말에서 난 그의 흐린 날을 어렴풋이 읽어낼 수 있었다.

대화를 마친 어스름한 새벽녘, 아버지가 보냈을 감정의 징검다리를 기록하며 따라 걸어보았다. 내 기록이 가장 중요하다고만 생각했지만, 사실 그렇지 않았다. 아버지가 건넸을 감정을 기록하는 것 역시 그를 이해하고 위로하는 데 중요한 일이니. 사랑하는 이의 마음을 살피는 일은 곧 나의 일이 된다. 그의 감정을 쓰며 곧 또 다른 내 모습을 본다. 사랑하는 만큼 보이고, 담긴다.

둥근
약   점

#대화노트

　모두 서로가 어색하고 낯설 첫 학기, 상담 심리학 수업을 함께 듣던 친구 중 도무지 입을 열지 않는 친구가 있었다. 오며 가며 이미 꽤 안면을 튼 사이였음에도 그 친구가 수업 중 발표를 하거나, 가벼운 담소조차 나누는 장면을 보지 못하였으니. 간혹 누군가 재미있는 유머를 건네도 옅은 미소만 지을 뿐 속 말 한마디 꺼내는 법이 절대 없었다. 꼭 대답해야 하는 경우에만 '네, 아니요' 식의 간단한 의사를 전할 뿐이었다. 당시 유행하던 MBTI로 구분하자면 굳이 묻지 않아도 극 I의 성향인 것을 알 수 있을 정도의 친구였다.

　그러던 어느 날 과제로 2인 1조가 되어 '어린 시절, 가장 힘들었던 경험에 대해 상대에게 전하고 그것을 녹취하여 기록으로 남기기'라는 과제를 받게 되었다. 워낙 말수가 적을뿐더러 속내를 털어놓는 친구가 아니니 제발 그 친구만 아니길 간절히 기도하고 있었다. 하늘도 무심하시지. 그 친구와 한 조로 묶여 올라가 있는 익숙한 이름을 게시판에서 발견하고 절망하고 말았다.

따로 밥을 먹기에도, 그렇다고 카페에 가기에도 애매한 사이였기에 모두가 집으로 돌아간 야심한 밤, 교실에 둘만 남아 과제를 시작했다. 미리 메일로 공유해 두었던 질문을 던지자 그 친구는 한참 있다가 입을 뗐다.

몇 마디 나누지 않았는데도, 난 그제야 왜 그 친구가 극도로 말을 꺼내길 두려워했는지 알 수 있었다. 떨리는 친구의 입술 사이로 발음이 새어 제대로 알아듣기가 어려웠다. 평소에 말을 하지는 않아도 늘 생긋생긋 웃던 친구가 입을 열자 한껏 위축된 듯 보였다.

우리를 둘러싼 모든 시공간이 멈춘 듯한 느낌이었다. 나는 묵묵히, 그리고 아주 천천히 그 친구가 모든 문장을 완수해 낼 때까지 기다렸다. 집으로 돌아와 녹취록을 계속해서 반복해 들으며 기록했다. 어눌하고 명확하지 않은 발음 탓에 처음엔 알아듣기 쉽지 않았지만 반복해 듣다 보니 문장이 수면 위로 떠올랐다.

"어릴 적, 발음이 안 좋다는 이유로 친구들에게 학교 폭력을 당한 적이 있어. 그 이후로부턴 말하는 게 싫고 두려워."

교우 관계가 전부였던 나이의 아이에게 믿었던 친구의 배신은 엄청난 충격이었으리라. 혹시나 또 마음의 상처를 받지 않을까. 사람들의 입에 오르내리지는 않을까 걱정되었을 수 있겠다 싶었다. 감히 가늠하지 못할 상처를 입은 채, 그동안 편히 마음 한 번 털어놓을 수 없었던 친구가 안쓰러웠다. 나는 친구에게 녹취록 과제 파일을 전송했다. 동시에 힘들었을 이야기를 내게 털어 놓아줘서 정말 고맙다고. 감히 내가 그 상처의 깊이를 가늠할 수는 없지만 너는 네 나름의 방식대로 잘 극복해 왔던 것이라고. 나 역시 과도한 완벽주의자 성향으로 나를 괴롭고 힘들게 할 때가 있는데, 글로 풀어내고 나서는 꽤 괜찮아졌다고. 네가 마음이 편해질 때 간혹 내겐 마음을 털어놓아도 된다는 말 역시. 긴 밤이 지난 뒤 친구에게서 장문의 카톡이 왔다.

'참 이상하지. 그토록 보이기 싫었던 면모를 꺼내 보

이니, 정말 아무것도 아닌 거야. 네가 적어놓은 우리 대화를 그저 가만히 들여다보기만 했는데도 마음이 개운하고 후련해지더라고. 고마워. 정말.'

　얼마 있지 않아 우린 둘도 없는 친구가 되었다. 난 단순히 친구가 마음을 열고 자신의 이야기를 솔직하게 털어놓을 수 있도록 차분히 기다려 주었고, 어떠한 적극적인 개입이나 확실한 진단 없이 그저 우리가 써 내려간 대화를 기록했을 뿐인데 말이다. 누구나 서툴고 들키고 싶지 않은 자신의 어떤 면이 있다. 불완전하거나 약한 면을 꺼내 보이면 마음을 준 사람들이 또 떠나거나 나를 상처 주면 어떻게 하지 하는 마음으로 주저하기 마련이다.

　하지만 모두에게 늘 당당하고 자신만만할 필요는 없다. 아픈 면을 털어놓았을 때 기꺼이 이해하고, 넉넉한 마음으로 나를 감싸 안는 단 한 명의 친구만 있어도 우리는 뚜벅뚜벅 앞을 향해 걸어갈 수 있으니. 함께 나누었던 대화를 기록하며, 우리는 서로의 아픈 면까지 둥글게 끌어안는다.

문장은
들불이   되어 ——

#가사노트

거리에서 익숙한 노래가 흘러나왔다. 고등학생 때 즐겨 듣던 여가수의 애절한 발라드였다. 하라는 공부는 안 하고, 학생 때 몰래 듣던 노래는 왜 그리 좋던지. 당시 우리 학교는 문제 풀 때 노래를 들으면 방해된다는 명목으로 야간자율학습시간엔 핸드폰과 같은 전자기기는 다 압수하곤 했다. 자습을 도망갈 용기는 없고, 노래는 듣고 싶었으니 난 소심한 반항아가 되기를 택했다.

당시 유행하던 분홍색 아이리버 MP3를 소매에 몰래 넣어 교복 밑으로 연결하면 마치 숙련된 전기기사처럼 한 번에 선을 빼낼 수 있었다. 성공적으로 귀에 안착한 MP3 선을 긴 머리칼로 가려주면 그야말로 완벽범죄였으니. 매서운 촉의 호랑이 야자감독 선생님조차 알 리 없었다. 모두가 숨죽여 공부하는 동안, 어두컴컴한 야자실 풍경은 서서히 흐르는 나의 뮤직비디오가 되어주었다.

　모두가 함께 겪는 입시 스트레스 속에서도 음악이 있어서 잠시 숨이 트였다. 그때 들었던 노래를 지금 와서 다시 들으니 그 시절 나의 모습이, 내가 머물렀던 공간이 생생히 떠올랐다. 어스름한 새벽녘, 겨우 집으로 돌아와 누우면 내 방 책상 위 빼곡하게 쌓인 참고서가, 그 주변을 밝히는 스탠드의 둥근 빛만이 나를 한껏 꺼안아 주었다. 좋아하는 아이돌 포스터로 가득 찬 한쪽 벽면에는 마음을 편하게 하는 라벤더 향의 디퓨저가 놓여 있었다. 달마다 치러야 하는 모의고사와 내신, 수행평가로 한껏 예민하던 사춘기 시절을 돌아보니, 그때 절절매고 안달복달했던 것들이 지나 보니 그렇게 큰 것이 아니었다는 생각이 든다.

　주변을 둘러보면 여행을 갈 때마다 주제곡 한 개씩을 정해서 떠난다는 친구들이 많다. 고속도로나 기차에서, 때론 비행기에서, 익숙한 것으로부터 멀리 떨어진 생경한 풍경 속에서도 제가 정한 주제곡을 틀어 한껏 기분을 낸다. 다시 그 주제곡을 들었을 때 그때의 풍경이 진하게 생각나는 효과가 있다.

선율로 기억되는 노래를 들으며, 나 역시 누군가의 마음에 가 닿는, 이런 글을 쓰는 예술가가 되면 좋겠다는 생각에까지 이어진다. 읽는 순간 독자가 느꼈던 감정이 들불처럼 타오르고, 당시의 나를 생각나게 하는 것처럼. 언어의 결과 맞닿는 깊은 울림의 문장을 쓰고 싶다. 허투루 쓰는 사람이 아닌, 예술가적 기질을 발휘하는 글쓰기를 하고 싶다.

태
양

#추억노트

그의 머리 위에는 늘 태양이 있었다. 볼품없는 얼굴과 살짝 벗겨진 정수리, 왜소한 몸집을 덮는 엄청난 아우라가 그에게서 뿜어져 나오는 것이었다. 그를 만난 뒤 나는 꽤 자주, 범재와 천재를 가르는 기준에 대한 생각을 했다. 글을 쓰고 싶다는 공통점으로 모인 글쓰기 수업에서 우리는 저마다의 자부심이 충만했다. 이미 대형 포털에서 웹 소설을 연재해 본 이력이 있거나 국내 유명 영화 대본 작업에 참여해 본 사람. 예고 문예창작과에서 늘 1등을 도맡아 했던 사람 등. 글이라면 어느 정도 쓴다고 생각하거나, 스스로 자신 있는 사람들만이 모이는 곳이었으니까 말이다. 우리는 한 공간에 모이자마자 쓰라는 글은 안 쓰고, 그동안 문우를 사귀면 나누고 싶었던 이야기만 잔뜩 풀어내기 바빴다.

　사회인이 되어 만나는 글쓰기 모임이었음에도 그는 늘 답답할 만큼이나 열심이었다. 그저 가끔 우리를 바라보며 부러운 듯 미소를 머금을 뿐이었다. 나이가 꽤 많은 탓에 동기들과 쉽게 어울리지 못했다. 그저 가끔 우리를 바라보며 부러운 듯 미소를 머금을 뿐이었다. 교실 바로 앞, 그의 벗겨진 머리는 형광등 빛을 받아 언제나 반짝였다. 맨 앞자리에 앉아 글쓰기 강사님의 말을 다 받아적고, 매 순간 하나라도 더 배우려는 듯 수업에 집중했다. 동기들은 그런 그를 이해하지 못했다.

　머리가 굵어진 뒤 만나는 우리는 본래의 목적인 글쓰기보단 서로와의 교류와 수다, 그리고 회식이 더 즐거웠던 것도 같다. 글은 예술이야, 예술은 자유로움 속에서 나온다고. 저 아저씨처럼 미련하게 공부만 해서는 좋은 글을 쓸 수 없어. 글 모임 중 이미 자신의 이름을 내건 작품을 발표한 이력이 있는 동기는 그를 비웃었다. 우리는 꽤 자주, 영감을 받기 위해서는 실컷 놀고 즐겨야 한다는 명목으로 자신의 행동을 위안했다.

　그는 가끔 창밖을 보았고, 혼자서 끄덕이는 순간이 많

앉다. 조금 일찍 강의실에 들어올 때면 늘 왼쪽 구석 자리에 앉아 책을 보고 있었다. 얼마 되지 않아 동기 중 가장 먼저 등단 소식이 들려왔다. 바로 그였다. 국내의 유명한 신문사에서 주최한 신춘문예에 소설, 시 분야 모두 수상했다는 것이었다. 여러 출판사에서 작품 제의가 물밀듯 이어지고, 덩달아 여러 문학상에서도 좋은 소식을 거두었다. 앞으로 작가로서의 탄탄한 입지가 펼쳐질 것이었다. 동기들 모두가 놀랐다. 동기 모두 재능이 있었지만, 내로라할 만한 결과를 낸 것은 그가 처음이었기 때문이었다. 그는 뒤이어 책 계약에 성공했다. 이례적인 행보였다.

다음 학기, 강의실에 나갔더니 그는 처음과 같은 모습으로 앉아 있었다. 축하드려요. 나는 악수를 청했다. 어떻게 그렇게 좋은 글을 쓰셨어요. 분명 타고난 재능이 있으셨겠죠? 그는 수줍게 고개를 흔들었다. 쉰다섯, 글을 쓰고 싶어 직장인도 할 수 있다는 글 모임을 등록해서 왔어요. 사실 나는 우리 수업 다른 동기들처럼 기발한 상상을 하거나, 타고나길 글을 잘 쓰는 사람이 아니에요. 어릴 적 많이 배우지 못한 터라 공사장에서 막노동을 하며 생계를 이어 갔죠. 아내는 가난한 삶이 싫어 어느 순간 날 떠났고, 난 혼자 남았어요. 여느 날처럼 조붓한, 빈방에 앉아 소주를 마시는데 라디오에서 시 한 편이 들리더라고요. 그때, 난 큰 충격을 받았어요. 이런 아름다운 말로 자신의 감정을 표현할 수 있구나 생각하며 말이죠. 무작정 책을 읽고 미친 듯이 필사했어요. 하나라도 더 담고 싶어서 말이에요.

쓰고 싶은 풍경과 색채가 많아지며 내 삶은 더욱 풍요로워졌어요. 사람과 풍경, 일상에 대해 기록하는 지금 이 순간, 저는 미치도록 행복해요. 매일 꾸준히 분량을 정해 글을 쓰던 것이 한 편이 되고, 두 편이 되고 지금까지 수백 편이 되었어요. 글을 쓰는 사람은 평생 머리에 태양을 지고 가야 하는 삶이에요. 아무리 뜨겁고 힘이 들어도, 타오르는 창작열로 묵묵히 자신만의 작품을 써나가야 하기 때문이지요.

기록하는 그는 달뜬 표정이었다. 사소한 일일지라도 꾸준히 써내려가는 마음, 보이지 않는 곳에서도 꿈에 대한 열망으로 꾸준히 삶의 관성을 이어 나가는 자랑스러운 나의 동기. 그의 뒤에서 태양이 환하게 빛났다.

사랑은 오지 않은 계절을
함께   기다리는 것

#다정노트

작년 봄, 건강검진을 받기 위해 큰 대학 병원을 찾았
다. 길을 잘못 들어선 소아청소년과 병동 앞에서 난 땀을
뻘뻘 흘리며 한참 헤매야만 했다. 그러던 중 한 장면에 시
선이 가 닿았다. 링거를 주렁주렁 매단 한 아이가 자신보
다 한 뼘이나 더 작은 아이의 휠체어를 끌어주고 있던 것
이다. 한 손으론 자신의 링거대를, 다른 손으론 무거운 휠
체어를 낑낑대며 미는 아이의 걸음은 꽤나 다부졌다.

'저들은 형제일까. 보호자는 어디 있을까. 자신도 성치
않은데 왜 저 아이는 자기 몸집보다 큰 휠체어를 저렇게
낑낑대며 끌어주고 있을까.' 온갖 합리적인 물음이 자연스
레 머릿속에 떠오르던 순간, 멈춰 선 장면 앞에서 모든 의

문이 멈추고 말았다. 휠체어가 멈추어 선 곳은 병실 복도 끝의 커다란 통창이었다. 창 너머로 피어난 샛노란 꽃을 가리키며 그 둘은 환하게 웃었다.

"저것 봐. 엄마가 그러는데 개나리는 봄이 왔다는 신호래. 다음 봄에 우리 꼭 밖에서 같이 뛰어놀자."

사랑이란 저것이 아닐까. 나보다 더 아픈 아이의 마음을 알아주는 것. 평범한 아이들처럼 걷고, 바깥에서 봄의 아름다움을 만끽하고 싶을 친구의 마음을 헤아려 그 길을 함께 걸어주는 것. 오지 않은 불확실한 미래를 희망으로 함께 기다리는 것. 사랑을 기록하는 장면 앞에서 난 한참 서성였다. 하염없이 기다려 보는 것도, 스스로 포기하는 마음과 상실도, 어쩌면 사랑일 수 있으니-

손으로
눌러쓴   글자

———

#필사노트

회사에 들어간 지 얼마 지나지 않아, 이상하게도 난 내일의 내가 전혀 기대되지 않았다. 더 나아질 미래도 희망도 없는 것 같았기 때문이다. 오랫동안 회사 생활을 한 사람들의 입장으론 아직 한 사회 내에서 정점도 찍지 못한 풋내기가 벌써 다른 곳만 기웃거린다며 괘씸한 마음이 들 수도 있다. 하지만 내 안의 풀지 못한 마음을 분명 다른 세계로 풀고만 싶었다. 그 누구도 대체할 수 없는, 나만이 할 수 있는 방식으로 말이다.

그 방안으로써 쓰는 일을 선택했으나, 오래도록 글을 떠나 있기에 다시 어떻게 시작해야 할지 막막한 마음뿐이었다. 회사에서 보던 글은 마케팅 문구나 사무적인 개념을 나열한 기획서일 뿐, 내가 쓰고 싶은 기록에 대한 글과는 분명 거리가 있었으니 말이다. 답답해하던 내가 기록을 시작 할 수 있었던 방법은 '필사'였다.

잘 쓴 작가들의 글을 따라서 써보며 글에 대한 감각을 다시 키워 나갈 것. 사실 종이와 연필 하나를 손에 쥔 채, 누군가의 문장을 한 글자씩 따라 쓴다는 건 효율성의 원리에 입각한, 빠르게 흘러가는 현대 사회의 기준에선 꽤 비효율적인 일이다.

하지만 참 이상하게도 필사를 하다 보니 그 문장에 담긴 풍경이 저절로 머릿속에 들어와 강물처럼 흘렀다. 한 문장을 적어도 서너 번씩 읽다 보니, 글에 전체적인 구조에 대한 이해도 높아지고, 풍경에 대한 섬세한 묘사가, 감정이 마음에 깊게 와닿았다. 작가는 왜 이 구절을 이렇게 표현했을까, 인물을 이렇게 설정했을까 하는 생각의 나래를 펼칠 수 있다. 동시에 어휘, 문장의 짜임, 구성 등과 같은 전체적인 구조가 눈에 들어오니. 작가의 훌륭한 언어표현을 받아들이는 현명한 방법이 되어주었다. 더욱이 좋은 기록을 선별하는 안목을 기르기에도 필사만큼 좋은 것은 없다.

물론 필사는 시간이 무척 오래 소요되는 일이다. 그런데도 놓지 못하는 이유는 한 단어, 한 문장에 오롯이 집중하며 쓰는 이와 하나 되기 때문이다. 이별의 고통을 담은 애절한 문장에선 함께 아파하고, 간질이는 연애의 감정을 담은 문장에선 함께 마음의 봄을 맞이한다. 작가의 문장을 함께 걸어 나가는 일은 꽤 산뜻하고 정겹다. 온 마음으로 필사를 해야 보이는 것들이 있다. 나 역시 누군가가 내 글을 필사했을 때 이런 마음이 들도록 하고 싶다. 같은 곳에서 숨을 쉬고, 같은 속도로 걸어 나가는 문장이 진심으로 기쁘고 행복할 수 있도록.

저출산, 취업 문제, 인간관계, 빈부격차, 세대 갈등 등 우리는 세대가 함께 겪는 문제가 꽤 뚜렷한 사회를 살고 있다. 그때마다 힘이 되어주는 건 누군가의 힘 있는 기록이자, 잠시 머물고 싶은 순간이니. 필사는 단순히 문장을 받아 적는 것이 아닌, 삶의 바탕을 만드는 일이다. 독자를 끌어안는 문장을 그리며 우리는 좀 더 둥글어진다. 동시에 오래도록 남아 흐른다.

Chapter 3

공간의 숨,
그리고 선택

값진
무   용

#고서점

발이 저릿하다. 온몸이 마비된 것처럼 식은땀이 흐른다. 그런데도 난 그곳을 찾는 일을 멈출 수가 없다. 켜켜이 쌓인 세월만큼 눅진하게 풍기는 오래된 책의 향기. 서울 인사동에는 대대로 내려오는 한 고서점이 있다. 문을 열고 안으로 들어서면 낮은 조도임에도 저마다 은은한 빛을 내는 책들이 보인다. 북적이는 거리와는 판이한 적막한 분위기라 꽤 조심스럽게 걸음을 옮긴다. 책을 오래도록 보존하기 위해 내부는 상시 서늘한 온도를 유지 중이다.

사람 한 사람 겨우 지나갈 수 있을 만한 통로에 쭈그려 앉아 고서를 읽는다. 조선 시대 주요한 사료를 모아서 엮는 고서부터, 교과서에 실린 문학작품의 원본을 기록한

글까지. 시간을 켜켜이 담은 책을 마주하고 있자면 세상을 모두 다 가진 것처럼 행복하다. 오늘은 또 어떤 세계를 엿볼까. 이곳에 한 번 자리를 잡으면 손 사이로 빠져나가는 모래알처럼 시간은 금방 지나간다. 완벽히 공간에 몰입하며.

물론 어둑해질 저녁쯤 다리를 펴고 일어서면 무릎은 이미 내 것이 아니고, 관절에선 뚝. 뚝하는 섬뜩한 소리가 나지만 말이다. 어릴 때부터 그랬다. 책에서 나는 특유의 비에 젖은 냄새가 좋았고, 책장을 넘기며 나는 낙엽이 부서지는 소리가 좋았다. 마치 작가가 내게 보내는 살뜰한 안부 인사 같기도, 함께 있지 못했던 시간 속을 걷는 발자국 같기도 했으니. 부모님은 일찍이 그런 나를 서점에 자주 데려가셨고 마음껏 즐길 수 있도록 해주셨다. 책을 옆에 탑처럼 쌓아두고 읽다가 "이제 그만 좀 가자."라고 누구라도 먼저 말을 꺼내야 아쉽다는 듯 엉덩이를 털고 일어날 정도였다. 그만큼 난 남들의 기록이 재미있던 어린아이였다.

요즘 아이 같지 않다는 어른들의 걱정을 지나, 지금은 나 역시 글을 쓰는 사람이 되었다. 그래서인지 내가 애정을 두는 공간을 기록하는 일은, 그곳에서 나와 같은 책벌

레를 만나는 일은 참 반갑고 기꺼운 마음이다. 고서의 향기가 눅진하게 풍기는 그곳의 시간과 원칙은 바깥의 세상과는 조금 다르다. 누군가의 빠른 판단이, 효율성과 생산성이, 지금 당장 환산되는 가치가 중요하게 작용하는 사회의 논리와는 다르게 이곳에선 책이 화폐 단위이자, 주인이, 원칙이 되곤 한다.

때론 무용한 게 무용한 것이 아니고, 소박한 것이 결코 값이 없는 것이 아니다. 어떤 이의 진실한 기록은 오래된 흐름 속에서도 소멸하지 않고 누군가의 마음속에서 살아 숨 쉰다. 이어지는 잔업과 상사의 무리한 요구, 쌓여 가는 대출 이자와 홀로 자취하며 미처 채우지 못한 마음의 허기 등 가끔 소화되지 못한 빠른 풍경에 우린 잠식당한다. 그럴 땐 한참 이곳이 아득하고, 그리워지는 것이다. 무수한 사람들에게 너른 품을 내어주고, 변하지 않고 살아 흐르는 가치를 전하는 곳이라서. 쌓인 시간을 증명하듯 빛이 바랜 고서를 보고 있자면 내 고민이 아무것도 아닌 것 같아서.

이곳이 오래도록 우리 곁에 남아 있길 바란다. 언제든 걸음을 옮겨 값진 무용을 즐길 수 있기를.

일인용
밥　　　솥

#자취방

붐비는 지옥철, 아침마다 왕복 세 시간의 끔찍한 통근 시간을 매일 겪어낼 자신이 없었다. 처음 입사한 회사는 집과의 거리가 상당한 곳이었고, 결국 난 자취를 선택했다. 꽤 기뻤던 것도 같다. 스물다섯, 제대로 된 첫 독립을 시작했으니, 이는 익숙한 곳에서부터, 지겨웠던 잔소리로부터, 혼자만의 몰입을 깨트리는 방해로부터 완벽하게 해방됨을 의미했다. 짐짓 부모님이 서운해하실까 기쁜 마음을 숨기려 했지만 올라간 입꼬리는 내려올 기미가 없었다.

하지만 그 마음은 오래가지 않았다. 하나부터 열까지 홀로 해야 할 것이 너무도 많았기 때문이다. 몇 평 남짓한 자취방에서도 치워야 할 옷가지와 나오는 쓰레기는 왜 그리 많은지. 사다 둔 식료품은 늘 남아 처치 곤란이었고, 일인용 밥솥은 하도 쓰지 않아 이미 허옇게 곰팡이가 핀 채였다. 몇 술 뜨지 않은 밥그릇은 그대로 눌러 붙은 채 싱크대에서 열심히 발효 중이었다. 회사에 다녀온 뒤 지쳐 쓰러져 자기 바쁜데, 갓 지은 쌀밥에 반찬까지 얹어 먹을 여유는 없었다. 그제야 늘 혼자의 몫을 늘 두 사람이 나누어 짊어졌다는 것을 실감했다.

본가에 살 때 어머니는 그림자처럼, 내 뒤를 졸졸 따라다니시며 내 발걸음을 함께 보조해 주셨으니. "돌려야 하는 빨래는 침대 밑에 쑤셔 넣지 말고, 바로 세탁기 옆에 놓으라고 했지. 양말은 뒤집어 벗어놓지 말라니까. 자고 일어난 자리는 개어놓아야지."

귀에서 돌림노래처럼 반복되는 뻔한 레퍼토리를 난 한 번도 되새겨 들은 적 없었다. 귀 기울이지 않아도 방은 언제나 외출 전 그 상태처럼 깨끗하게 유지되어 있었고, 밥상엔 늘 갓 지은 쌀밥과 함께 신선한 반찬이 올라와 있었으며, 커피 자국이 말끔히 지워진 옷에서는 상쾌한 섬유유연제 향이 흘렀다. 아무것도 하지 않아도 내 일상은 평소처럼 흘러갔고, 그렇게 스무 몇 해가 지났다. 그 오랜 시간 동안 이래도 괜찮다고 생각했던 건 내 오만이자 크나큰 실수였다.

자취한 뒤로는 집밥을 먹어본 지가 언제였는지 기억이 잘 나지 않았다. 한 번에 먹기엔 너무 많아 냉동실에 소분해 둔 배달 음식을 끼니때마다 데워먹는 일도, 위장을 쓰리게 만드는 편의점 냉동 도시락도 더는 견디기 힘들었다. 하루만 청소하지 않아도 서로 엉겨 붙은 먼지들은 자가번식을 했고, 제때 돌리지 않은 빨랫감에서는 쉰 냄새가 났다. 제대로 영양분을 섭취하지 못해 윤기가 사라진 머릿결과 듬성듬성 빈틈이 보이는 두피는 더욱 초라해 보였다. 한 달도 채 지나지 않아, 엉망이 된 자취방에 홀로 앉아 있으니 울음이 터져 나왔다. 늘 내 주변에 계셨던 어머니의 존재가 더욱 크게 다가왔고, 스스로 무력하게 느껴졌다.

언젠가는 분명 진정한 의미의 독립을 해야 할 텐데, 누군가의 보조를 떠나보내며 떳떳하게 두 발로 서 있을 수 있어야 할 텐데. 독립 전 나를 믿고 자취를 허락해 준 두 분의 얼굴이 떠올랐다. 그 믿음과 마음에 부응하지 못한 느낌이었다. 그 생각에 정신이 번뜩 들었다. 이후 눈에 보이는 곳부터 쪽지를 붙이기 시작했다.

일인용 밥솥 위엔 '쓰지 않을 땐 코드 꼭 빼놓을 것', 싱크대 옆엔 '설거지는 바로바로', 간이 서랍 옆엔 '1단은 속옷, 2단은 상의, 3단은 바지' 등을 구분해 붙였다. 시선이 자주 닿는 책상 위엔 '늘 자신만만하고 당당할 것, 청결한 상태를 유지할 것'을 붙여두었다. 가져야 할 자세이자, 나를 챙기는 기록을 눈에 보이는 곳에 붙여놓으니 마음이 놓였다. 불안했던 마음이 조금씩 가라앉았다.

며칠 뒤, 자취방에 방문한 부모님은 한껏 달라진 나의 공간에 놀라움을 금치 못하셨다. 좁은 자취방에 붙여진 알록달록 쪽지 앞에서 난 보이지 않는 곳에서 나를 보조해 주셨던 누군가의 손길과 발길, 그리고 마음을 느낀다. 오늘 당장 내게 필요한 것을 눈에 보이는 곳에 기록해 두는 것, 스스로 챙겨야 하는 일들을 활자로 남겨두는 것. 이는 결국 생명력 있는 의지이자, 자신감, 혹은 변화의 시작이 될 수 있으니. 비로소 난 세상 위에 두 발로 서 있다. 오롯이 혼자지만, 든든하다.

미어캣의
수상한　　취미

#지하철

지하철에서의 내 자세는 늘 하나!

맑은 공기를 마시고자, 고개를 허공에 쳐들고 후우후우 하며 마스크를 쓴 채 가쁜 숨을 내쉬는 모습이라니. 마치 미어캣같이 목을 쭉 뺀 채, 혹시나 명당자리가 나지 않을까 주변을 살피는 내 모습이 꽤 우습고도 슬펐다. 이처럼 출퇴근 시간은 내게 모종의 공포이자 스트레스였다.

퇴근길 지하철에서는 그만의 분위기가 있다. 오늘 하루도 각자의 몫을 열심히 살아낸 사람들이 만들어내는, 자신의 일터에서 진력을 다해 싸운 뒤 어떤 비장하면서도, 삼엄한 느낌. 그 속에서 난 내 자리를 잃지 않기 위해, 쓸려가 손잡이를 놓치지 않기 위해 미어캣처럼 한껏 방어적인 자세가 되어야만 했다.

그런데 어느 순간, 아침이 좋지 않으니 하루의 끝 역시 개운하지 않았다. 하루를 시작하는 공간이 두렵고 부정적이라면 내 나머지 하루가 아무리 좋아도 완벽할 수 없겠다는 생각에 다다랐다. 그제야 내 앞에 서 있는 사람들이 하나씩 눈에 들어왔다. 무수한 가능성 속 오늘, 지금 이 시간이라는 우연으로 만나 지하철이라는 공간을 잠시 공유하는 사람들. 어쩌면 이러한 만남 또한 기적이지 않을까. 어느 순간부터 나만의 방식으로 이 공간을 채우는 이들의 사연을 상상하고, 기록하고 싶다는 마음 역시. 목을 쭉 뺀 채로 상상 거리를 찾아 헤매는 작가가 되기로 결심한 것이다. 가령 지금 바로 내 앞에 서 있는 사람의 삶은 어떨까. 홀로 하는 상상의 기록은 무척 흥미롭고 재미있다. 마주 앉은 중년 여성은 휴대전화를 보며 히죽거린다. 자연스레 머릿속 상상의 스크린 도어가 열린다.

"본부장이 또 나한테 뭐라고 하는 거 있지. 내 잘못도 아닌데……"

"오늘 너무 속상했겠다. 고생 많았어. 그때 갔던 맥줏집 어때."

"좋지! 이제 내려."

그녀는 신이 난 표정으로, 파우치를 열어 화장을 수정한다. 이내 가벼운 발걸음으로 통통거리며 지하철을 내린다. 톡방 너머 상대는 남편일 수도, 오래된 친구일 수도 있겠다. 무언의 응원과 함께 나는 역삼역에서 그녀를 훌훌 떠나보낸다. 파이팅! 인사도 잊지 않고.

봉에 기대어 있는 사오십 대 정도 되어 보이는 저기 저 남자는 얼굴빛이 파리하다. 주식 차트를 살펴보고 있는 걸까. 계속해서 깊은 한숨만 내뱉는다. 속된 말로 말린 듯 보였다. 막대한 투자금에 비해 계속해서 지표가 곤두박질치는 것일까. 남자의 어두운 표정에 보는 내가 다 안타까웠다.

제발. 아버님. 이제 그만 투자하시고, 원금이라도 회복하기 위해 그냥 빼내세요. 아무리 월급쟁이로 살기 어렵다고는 하지만, 시드가 너무 크잖아요. 말도 못 하고 애처롭게 화면을 바라보기만 하던 그의 얼굴은 더욱 잿빛으로 변했다. 그의 얼굴을 바라보니 나 역시 함께 슬퍼진다. 양재에서 터덜터덜 내리는 그의 뒷모습을 애잔한 눈빛으로 배웅한다. 다음 투자는 부디 성공적이길, 건투를 빌며 말이다.

언젠가 안전문이 설치되지 않은 역 플랫폼 앞에서 한참 주저하는 여자를 만난 적이 있다. 큰 소리를 내며 들어오는 지하철 앞에서 젊은 여자의 몸은 앞으로 한껏 기울어져 있었다. 평소처럼 목을 쭉 내밀고 어디 좋은 상상 거리가 있지 않을까 주변을 살피던 나는 심상치 않은 기운을 감지했다. 여자에게 달려가 가방 안에 있던 마카롱 하나를 내밀었다.

"이거 꽤 달고 맛있거든요. 저 믿고, 한 번 드셔보세요."

저 믿고 한 번 드셔보세요. 라는 말은, 여자에게 저 믿고 한 번 살아보세요. 라는 말로 잘 전달되었을까. 얼마나 울었는지 퉁퉁 부어 있던 여자를 보고서 내가 줄 수 있는 건 작은 마카롱 하나밖에 없었다. 처음엔 의아하다는 표정으로 날 바라보던 여자는 마음을 제대로 추스르지 못한 채 어설픈 감사 인사만을 남기고 빠르게 사라졌다.

사람들이 지하철에 타고 내리는 잠깐이나마 우리는

서로의 삶의 단면을 공유한다. 흔들리는 지하철에서 중심을 잃지 않기 위해, 모진 풍파에 휩쓸리지 않고 제 삶을 안전하게 운행해 나가기 위해 누군가 잡았을 그 손잡이를 꼭 붙잡는다. 나만의 안전을 위해 목을 쭉 내밀던 행동은, 어느새 함께 삶을 살아가기 위한 따스한 시선으로, 살뜰한 위안으로 바뀐다. 조금씩만 서로에게 온기를 나누고, 인정을 베풀어도 우리는 충분히 행복해질 수 있을 테니. 그 좁은 공간에서도 우린 서로를 읽는다. 따뜻한 시선으로 쓰윽 훑고 가는 마음들.

문
우   (文友)

#글방

　일상을 쓰기 시작하며 틈틈이 모아놓은 원고는 어느
새 한 계절이 되었다. 순간의 나를 기록하며 순간의 내가
되었고 쓰기로 시작한 뒤, 정처 없던 삶에 빛이 들어왔다.
나와 비슷한 어둠을 겪고 있을 이들과 나의 용기를, 마음
을 나누고 싶었다. 기록이라는 해시태그로 모인, 인스타그
램 알고리즘의 무수한 가능성 중 하나로 이어진 우리의 만
남은 과연 우연이었을까 필연이었을까. 꾸준히 쓰는 사람
이라는 것 이외에는 서로 아무것도 알지 못하는 이들의 만
남이었다. 미지의 세계에 대한 두려움과 기대감 앞에서 한
참 흔들렸다.

　막상 보니 아무래도 괜찮았다. 좋다, 싫다 어떠한 평

가도 없이 누군가의 시선이 내 문장에 머문다는 것 자체가 큰 위안이자 힘이 되어주었으니. 때때로 건네는 싱그러운 미소가, 특유의 웃음소리가, 진심 어린 눈빛과 말하지 않아도 전해지는 마음이 그저 좋았다. 나 역시 그들의 기록을 읽으며 각자 쓰는 이유가 되었을 상처를, 시간을 톺아 보았다. 각자의 질량으로 살아온 삶은 모두 귀했다. 무엇보다 빛나는 일은, 만나는 한 주마다 단 한 명의 독자라도 내 글을 기다리는 사람이 있다는 것. 내 기록에 대한 불확실한 마음은 한껏 유보한 채, 용감하게 써 내려가는 것. 하나의 마음이라도 마중을 나와 있었기에 쓰는 것을 멈추지 않았고, 자리에 놓여 있어야 할 활자는 제집을 찾아갈 수 있었다.

우리는
아무런 모양으로 앉아

#책방

마치 다른 화가 둘이 그린 그림 같았다. 찌를 듯 높게 솟아 있는 큰 규모의 아파트 단지 옆엔 보라색 지붕의 소담한 책방이 빼꼼 얼굴을 내밀고 있었으니. 참 이질적인 풍경이라 자주 눈길이 갔고, 어쩌다 발길을 두게 된 뒤로 그 책방의 매력에 깊이 빠져들었다.

평일 뿐 아니라 주말이 되어서도 한산한 분위기 덕에 홀로 한갓지게 음료를 마시며 책을 볼 수 있었다. 나 홀로 즐기는 책방의 고즈넉한 분위기가 좋아 여유롭게 책을 읽다 보면 하루 반나절이 훌쩍 지나 있었고 사장님의 온화한 말투와 친절한 서비스는 덤이었으니, 시간만 나면 그곳을 찾는 것이 내겐 당연했다. 사장님 입장은 전혀 고려하지 않은 채 이곳이 영원히 나만 아는 장소로 남아 있었으면 좋겠다고 생각을 했던 것도 같다.

그런데 언젠가부터 사장님 부부 중 한 분이 보이질 않았다. 슬쩍 여쭤보니 가게 운영을 위해 저녁엔 배달 아르바이트를 뛰러 가신다는 거였다. 요즘 투잡, 필수잖아요. 사모님은 손을 내저으며 애써 유쾌하게 말을 얹었다. 시간이 흐른 뒤, 사모님은 내 곁에 유자차 한 잔을 내려놓으셨다. 뭉텅 썰어 넣은 유자청만큼 우러난 투박한 진심을, 사모님이 툭 털어놓는 것이었다.

"동네에 이런 책방 하나쯤은 만들고 싶었어요. 누구나 들러서 아무런 모양으로 앉아 책과 함께할 수 있는 곳이요. 이것 참. 유지만 하는데도 이런저런 수고로움이 들 줄 생각도 못 했으니. 아기 아빠가 고생이죠. 뭐."

주변을 둘러보았다. 종류별로 읽어볼 수 있는 색색별의 책과 따뜻한 감성의 인테리어, 곳곳에 붙여놓은 따스한 온도의 글귀까지. 어느 것 하나 놓칠 것 없는, 내내 마음을 눕히고 싶은 곳의 풍경이었다. 그곳에서 난 한껏 자유로웠고 어떠한 모양으로도 앉아 있어도 이상할 것이 없었다. 그런데도 책방 안엔 나와 어느 노부부뿐이었다. 떨어져 보

Chapter 3
공간의 숨, 그리고 선택

117

니 늘 한산했고, 사장님의 분주한 이중생활이 이해가 안
가는 것도 아니었다.

왜 이토록 좋은 곳에 손님이 없는 것일까. 혹시 아직
잘 알려지지 않은 게 아닐까? 그제야 보이지 않았던 풍경
이 눈에 들어왔다. 이제 막 생긴 신도시에는 큰 규모의 아
파트가 많았고, 무리해서 들어온 신혼부부들은 아파트 대
출금을 갚느라 정신이 없었다. 지혜를 배울 수 있는 책방
보단, 당장 시험 성적에 도움이 될 학원을 순회하는 것이
더 중요했으니. 빽빽한 학원 숲 사이로, 지붕 낮은 책방은
보이지 않았다. 바쁜 일상을 유지하는 틈에서 어느새 문학
은 그들의 뒷전에 물러나 있던 것이다. 왠지 좀 서글퍼졌
다. 높게 치솟은 아파트 창 너머로 불빛이 가득했다.

저들 역시 바쁘고 시끄러운 시기를 지나면, 소파에 앉
아 있는 노부부처럼 늙어갈 수 있지 않을까. 느린 걸음으
로 책방에 방문해 마음의 결과 비슷한 책을 꺼내 들어, 자
녀에게 권해줄 수 있지 않을까. 꼭 어딘가에 있어야 할 모
양이 아닌 한 번쯤 흩어지고 번져도 괜찮은 풍경이 될 수
있지 않을까. 공간의 진정한 의미를 느낀 누군가의 걸음
이, 또 다른 이들의 발걸음을 불러일으킨다면 좋겠다고.

지금 당장 눈에 보이는 것보다 사실 더 중요한 것이 곁에 있음을 깨달으며 말이다. 언젠가 이곳이 바람을 타고 전해져 단단한 뿌리를 내리는 홀씨처럼 화사한 꽃밭이 되었으면 한다. 발 디딜 틈 없이 한껏 붐비며.

모두의
물   결
──

#한옥

　떠나기 전 마치 약속이라도 한 듯 보였다. 색색별의 한복을 입고 아름드리 벚꽃 나무 앞에서 사진을 찍는 어린 소녀들. 제 연인과 함께 맞추어 입고, 평화로운 한옥마을을 자분자분 걸어 다니는 청년들. 스치면 바스락거리는 재질과 빛을 받으면 더욱 반짝이는 비단결의 옷감이 눈을 사로잡는다. 한복이 이토록 젊은 세대로부터 인기가 많은 의복이었는지 눈을 비비고 다시 살필 정도로 신기했다.

　과거와 현대가 공존하는 오묘한 곳, 전주 한옥마을은 안에선 시간이 더디게 흐른다. 느려도 괜찮은 공간 앞에서 한복은 젊은 세대에게 단순한 전통 의복이라기보다 놀이이자 풍부한 볼거리로 확장된다. 어떤 것을 마음에 들이는 일은 밤이 되면 처마 끝에 달리는 달처럼, 젖은 한지 위 번지는 붓글씨처럼 참 자연스러운 일이다.

누군가 용기 내어 처음 입기 시작한 의복은 모두의 물결이 되었다. 때론 접하는 것만으로도 변화가 시작된다. 무수한 나의 틈을 이루는 바구니 속, 어쩌면 저들 역시 도심으로부터 힘껏 달려온 것이 아닐까. 소박하고 고즈넉한 옛 정취를 가득 품은 한옥을 보며 너른 마음으로 서로를 감싸 안는 자세를 배운다. 내가 떠나온 곳에선 몸의 곡선을 여실히 드러내는 규격화된 작은 옷에 자주 나를 구겨 넣어야만 했다. 꽉 맞는 의복과 남들이 생각하는 기준에 자주 나를 구겨 넣어야 했으니. 하고 싶은 말을 삼키고, 보이고 싶은 모습을 가려야 했다.

하지만 같은 하늘을 바라보는 이곳에선 품이 넓은 한복을 입고 휘적거려도 뭐라 하는 사람이 없다. 속도가 늦어도 경적을 울리는 사람이 없다. 먹고 싶은 만큼 먹고, 원하는 방식으로 존재해도 아무렴. 괜찮다. 여유로운 옷깃과 소매 안으로 상쾌한 바람이 분다. 그것은 자유의 향이자 한껏 둥글어진 마음이니. 시간이 머무는 집에서 우린 한껏 부풀어 오른다. 본래의 모습을 찾아.

텀
벙

#수영장

수영을 배우기로 한 순간부터 넌 달라졌는지 몰라. 몸의 곡선이 다 드러나는 수영복과 작은 사이즈 탓에 눈꼬리가 치켜 올라가는 수영모를 쓴 네가 처음에는 부끄러웠거든. 너는 재빨리 푸른 수영장으로 몸을 들이밀었지. 꽤 깊은 수심 탓에 처음에 당황해하던 모습이 생생해. 누구에게나 처음이 있듯이, 스물아홉이 되어서야 배우는 수영에 넌 조금은 창피했던 것도 같아. 어쭙잖게 첨벙대고, 평소처럼 주변의 눈치를 살피던 너는 새로운 환경이 꽤 낯설어 보였거든.

그런데, 참 이상하지. 수영이 익숙해지자 물 아래 텀벙대는 모습이 한껏 자유로웠어. 수면 아래의 세상은 참 평화로웠으니까. 남들의 시선과 중력으로부터 한껏 자유로워지는 곳, 너를 판단하는 세상의 잣대와 수군거리는 소음으로부터 완벽히 차단되는 곳. 회사원, 맏이, 누이 등 너를 증명하는 그 모든 직함으로부터 도망칠 곳 말이야. 왜 우리는 중력 이상의 시선과 무게를 오롯이 짊어지며 살아가는 것일까.

너는 매일 누군가와 관계를 맺으며, 어떠한 지시를 받거나, 어떠한 직함을 수행하며 사는 일에 익숙했어. 그것이 어쩌면 잘살고 있다는 방증과도 같다고 생각했으니 말이야. 그런데 수영장에 들어온 순간 모든 게 아무것도 아닌 게 되더라. 지구 아니 우주 위에 떠 있는 아주 작고 가냘픈 존재. 커다란 수조 위에서 자유로이 헤엄치는 행복한 물고기 같았으니 말이야. 중력으로부터 벗어난 그 순간이 얼마나 기뻤는지 몰라. 두 발로 걸어 다녔던 세상 속에서 자주 행복했지만 가끔 불행했던 이유를 깨닫고 말았어. 이곳에서 넌 온전히 너 자신일 수 있었거든.

너의 손과 발을 찬찬히 바라보고, 푸른 빛의 물에서 시간이 멈춘 듯 유영하는 마음, 이때만큼은 네 어깨에 짊어진 무게와 직함을 내려두고, 한껏 텀벙거려도 좋아. 이

건 기록을 내는 경기나 누군가를 이겨야 하는 시합이 아니니까. 우리 그렇게 살자. 세상 밖에서도 자유롭게 팔다리를 휘적거리고, 보기 싫은 것 앞에선 뿌연 물안개처럼 시야를 가려버리고, 커다란 소음에서도 귀가 먹먹하게 귀를 막아버리는. 누가 보면 대충 산다고도 하겠지. 아무렴. 그렇게 너를 보호하는 마음도 필요하잖아. 저마다 소란스러웠을 속을 그렇게 달래보자. 너를 힘껏 끌어당기는 중력을 거부하는 마음으로. 유영하듯 자유로이.

Chapter 4

추억 나무,
마주 설 용기

너와
나의   선   ———

사람을 좋아하는 순간이 한순간이듯 누군가를 싫어
하는 순간에도 예외란 없다. 하루의 반 이상을 보내는 회
사라는 곳은 친밀해 보이는 사이 속에서도 적당히 지켜야
할 거리가 있는 꽤 복합적인 곳이다. 어느 순간부터 '제이'
와 함께 있으면 자꾸만 속이 얹혔다. 나보다 한창 어린 나
이였음에도 슬쩍 가벼워진 종결 어미부터, 고개만 까딱거
리는 그만의 인사법, 툭툭 내뱉는 직설적인 화법까지. 상
대의 상황과 성향을 전혀 고려하지 못한 채 생각나는 대로
뱉어대는 말은 도무지 이해가 안 갔다.

악의가 있는 건 아닌데, 슬며시 선을 넘는 그 애매한
상황. 가식 없고 직설적이라는 것이 요즘 세대의 특징이

자, 본인의 장점이라고는 했지만, 솔직한 것과 상대에 대한 배려가 없는 것은 분명 달랐다. 원체 누군가와 문제를 만들며 지내지 않는 성격이다 보니 속해왔던 사회에서 크고 작은 일조차 없었는데, 무례하다 못해 예의가 없는 나보다 나이 어린 동료를 직면하니 어떻게 대해야 할지 난감한 마음뿐이었다.

끝을 질질 끄는 말버릇부터 특유의 과도한 향도, 호언장담한 말을 따라가지 못하는 애매한 일 처리 역시 모두 꺼려졌다. 제이 곁에만 서면 몸엔 바짝 긴장이 들었고, 자연스레 미간은 찌푸려졌다. 보란 듯 실력으로 제이를 눌러주겠다는 삐뚤어진 마음이 나를 살고 있었다. 어느덧 회사에만 오면 두통과 함께 헛구역질이 나왔다.

누군가 싫어하기 위해 온 에너지를 집중하니 미움이 나를 채우고, 온 세상이 어둑해진 잿빛이었다. 제이가 내게 배려 없이 내뱉었던 과거의 말을 소각하기로 했다. 스스로 힘을 빼니 마음이 편해졌다. 물론 제이는 자신의 행동이 내게 상처가 되었다는 사실조차 모를 테지만, 미워하는 감정을 내 안에 묵히는 건 나를 더 괴롭히는 일이었다.

동시에 참 이상하게도 경계를 풀고 난 뒤로, 제이가

거슬리는 빈도는 눈에 띄게 줄었다. 초연함 혹은 무관심으로 제이에게 대응할 수 있게 되었다. 미움도 관심이 있어야 하는 거야. 라는 말도 있지만 누군가를 미워하는 마음은 결코 다정이나 애정과 같은 것으로 치환될 수 없다. 결국 내게 해가 되어 가시처럼 파고드니.

기꺼이 용서하니 도리어 편하다. 나와 상대에겐 분명한 선이 있다. 그 복잡미묘한 선을 지키며 살고 부정적 감정이 나를 잠식하도록 두지 않는 것. 그 감정을 끝까지 가져가지 않는 것. 그게 우리가 세상을 살아가는 최대한의 선이자 방법일 테니.

* 작품 속 제이는 임의로 구성된 이름으로 실제와 전혀 연관이 없는 이름임을 미리 밝힌다.

앱

테   크   ——

편리함에는 때마다 비용만 쌓여 갔다. 누르면 내가 어디 있듯 달려와 집 앞에 내려주는 택시와 가만히 앉아서 받아볼 수 있는 배달 음식. 하룻밤 사이 문 앞에 배송되어 온 깨끗한 옷가지들. 부지런히 움직이지 않아도 사는 것이 가능하니 어느 순간부터 게으름은 줄어드는 통장 잔고로 치환되었다. 투명해진 지갑만큼이나 자신의 존재 역시 설 지점이 흔들리고 있었으니. 분명한 제 지점을 되찾고 싶을 터였다.

최근 들어 주변에서 앱테크 열풍이 한창이다. 땀 흘려 걷는 걸음과 몇 번의 성실한 클릭, 누군가의 물음에 대한 꾸준한 답변을 달거나 정보를 정리해 놓은 기록의 포스팅,

나만 할 수 있는 재능 판매는 바로 통장의 한 줄이 되어 쌓인다. 두둑해진 통장만큼 비어 있던 마음엔 새살이 차오르니. 합당한 값을 보장받을 수 있는 탄력 있는 노동으로 세상에 자신의 발자취를 새기는 것만큼 기분 좋은 일이 있을까. 어쩌면 이것이 요즘 세대가 손안의 작은 화면에 열광하는 이유가 아닐까. 어느 점에서 다른 점으로 가는 아주 짧은 이동 시간에도 바쁜 손놀림으로 제 존재를 여실히 증명하면서, 허투루 보내지 않는 하루를 쌓아가며.

모두의
탱자　　　　　나무　　　　　　　　　——

　　찬 바람 불 즈음, 그의 잠 못 드는 날은 더욱 많아졌다.
날 때부터 아토피가 심했던 남동생은 많이 괴로워했다. 제
살을 벅벅 긁어대는 소리가 복도를 사이에 둔 내 방에까지
들릴 정도였으니. 뒤척이는 동생의 새벽은 동시에 우리의
뜬 눈이자, 대신 앓아줄 수 없는 아득한 아픔이기도 했다.
홍반이 지도를 그린 자리엔 각질과 진물이 이미 자리 잡은
채였고 신음하며 아파하는 동생의 마음을 감히 가늠할 수
도 없었다.

　　엄마의 사랑은 탱자나무였다. 이리저리 수소문해 경
북 문경에서부터 구한 탱자는 샛노랗고 동그랬다. 농약 한
번 치지 않고 귀하게 자란 탱자 열매를 깨끗이 씻은 뒤에

반으로 잘라 곱게 말렸고 오랜 시간 끓인 물을 만들어 동생을 불러 세웠다.

　아버지의 사랑은 닿지 않는 곳의 온기였다. 붉은 반점은 어느새 동생의 얼굴과 목 주변뿐 아니라 손이 잘 닿지 않은 등이나 허리에 이르기까지 깊게 퍼져 있었다. 심한 상처 탓에 친구들과 여행도 자유로이 떠날 수 없었던, 먹는 것도 마음대로 먹지 못했을 어린 아들의 아픔을 떠올리셨다. 닿지 않는 부위에 손을 얹어 보습제를 바르는 아버지의 손끝이 미세하게 떨려왔다.

　나의 사랑은 함께 걷는 걸음이었다. 시골로 터전을 옮기는 것은 불가했으니 주말마다 집과 가까운 산을 동생과 함께 등산했다. 그만 포기하고 싶다는 동생의 푸념에도 짐짓 더 당차고 용감한 걸음을 내보였다. 보고 따라올 수 있도록 말이다. 싱그러운 숲과 나무를 곁에 두고 신선한 공기를 마음껏 맡을 것. 건강한 자연의 기운이 동생에게도 가득 감돌길 바라는 마음, 내게 소원은 그것 하나뿐이었다.

　얼마나 시간이 지났을까. 서서히 그의 상처가 옅어지기 시작했다. 가족 각자만의 방식으로 동생의 아픔을 위로하고 건강을 찾기 위해 노력해 왔던 것이 빛을 발한 것이

다. 당시엔 감히 기록할 마음조차 먹지 못했던 동생의 아픔을 떠올리며, 사랑이 담긴 기록을 이제 와 써본다. 그때 알았다. 심장은 직접 쥐어보지 않아도 알 수 있다고, 새하얀 마음으로 감싸 안았던 동생의 아픔은 어느새 기억 지 너머의 과거가 되었다. 그해 봄, 우린 문경을 다시 찾았다. 사백 년 되었다는 탱자나무는 귀한 빛을 내뿜고 있었고, 우리 넷은 그저 아무 말 없이 희게 웃었다. 아무려나 좋을, 웃음이었다.

사랑의
유   형

두드릴 때만큼은 확실해졌다. 명확한 게 하나도 없는 세상 속에서 자판을 치는 일은 추억을 유형화할 수 있는 유일한 일이었으니. 너는 이미 내 곁의 사람이 아니지만 우리가 함께 걷던 거리와 공평하게 나누어 쐬던 햇볕, 서로의 입에 넣어주던 음식과 아껴서 하던 새벽녘에 나누던 대화를 끝없이 적어 내려갔다. 쓰고 있으면 너와 내가 아닌, '우리'가 결코 헛된 것이 아니었음을 증명하는 것 같아서 덜 억울했다. 서로에게 늘 열심이었던 순간이 아무것도 아니었음을 알게 되는 일은 도저히 견딜 수 없으니. 가장 가난한 순간에서조차 우린 부족함 없이 사랑했음을 어느덧 인정받는 것 같았다. 텅 비어 있던 종이를 빽빽하게 채우고 나서야 소화되지 못한 감정이 소회로 남고 그제야 완전히 엣것으로 치부할 수 있는 것이었다. 추억을 기록하는 삶은 마치 꿈에 사는 일. 낭만적이고 아름답다가도 한없이 아득해지는 것.

일인용
죽

    ——

아프니 서러웠다. 전화선을 타고 흐르는 엄마의 목소리는 해사하고 청명했다. 짐짓 아무 일 없는 척해보려 했지만 옅게 웃을 때마다 머리가 흔들렸고, 끝은 미세하게 갈라졌다. 혹시나 들킬세라 서둘러 전화를 끊고 장에 깊숙이 넣어둔 누빔이불로 온몸을 감쌌다. 내일 새벽 출근을 하려면 지금은 잠이 들어야 했다. 사람의 감촉과 비슷한 것이 닿으니 조금은 괜찮아졌다. 보지 않는 TV를 켜두었다. 사람의 목소리와 비슷한 것이 들리니 기분이 나아졌다. 얼마나 지났을까. 채우지 못한 배는 쓰라렸고, 타는 듯한 목마름이 느껴졌다. 홀로 아플 때 슬픈 일은 사람이 사람다울 수 있게 하는 가장 기본적인 의지조차 자유로울 수 없다는 것.

　겨우 기어가다시피 나가 사 온 죽은 양이 많아도 너무 많았다. 건더기며 밥알까지 죽이 많아 슬펐다. 가성비가 너무 좋아 도리어 서글퍼지는 죽. 어떻게 혼자 이걸 다 먹지. 난 힘겹게 울음을 뱉었고, 반지하 창 너머로 비치는 어슴푸레한 빛만이 나를 위로할 뿐이었다. 얼마나 시간이 흘렀을까. 똑똑. 문을 두드리는 소리가 들렸다. 철커덕 문을 열자 익숙한 온기와 목소리가 내 공간을 채웠다. 어디 아픈 거 아니니. 목소리가 안 좋길래. 전화를 끊은 뒤 왕복 세 시간가량 떨어진 본가에서부터 온 엄마의 손에는 직접 쑨 일인용 죽이, 온 사랑이 들려 있었다.

남겨진
자의   몫

—

"난 네게 죽어가며 감각 하는 모든 걸 이야기 할 거야."

K의 눈빛은 그 어느 때보다 단단하고 검었다. 한껏 야
윈 그의 얼굴에선 산 자 특유의 생기를 느낄 수 없었다. 병
원에서 나오는 죽이라도 먹어야 하지 않겠냐며 억지로 떠
먹여 주는 일도 잠시. 제대로 소화하지 못해 구토하는 일
이 잦았다. 움푹 팬 볼을 몇 번 오물거리다가 이내 힘없이
고개를 젓는 것이었다. 온몸 구석구석 퍼진 고통을 참기
위해 K는 자주 진통제를 찾았다. 그런데도 내게 이야기할
때만은 생기가 흘렀다. 어눌하지만 분명하게 말을 이어가
는 것이었다.

"난⋯⋯ 매일 죽음에 한 발자국씩 가까워져 가. 너는

쓰는 사람이니까. 내 몸의 상태가, 감정이, 하루가 어떤지 네게 이야기해 줄게. 삶과 죽음의 경계를 걷는 사람의 마음이 네게 글감이 될 수 있다면……그것만으로도 족해."

그의 마지막은 축 늘어진 차렵이불과도 같았다. 여름 가뭄에 갈라진 논처럼 갈라진 피부와 총기 잃은 눈동자. 영혼에도 무게가 있다는 것을 증명이라도 하듯, 껍데기만 남아 퍼석해진 K를 보며 그저 허망할 뿐이었다. 독한 약으로 며칠을 버티던 그. 나는 애써 눈물을 참아내었고, 병실 밖에는 그를 만났던 처음처럼 비가 쏟아지고 있었다. 바야 흐로, 지독한 여름이었다.

재작년 여름, 독서 모임에서 만난 K는 국내 굴지의 IT 회사의 시니어 개발자였다. 남고에 공대, 그리고 IT 회사에 이어지기까지 평소 여자 사람 친구들을 만날 기회가 적었기 때문에 이성 친구들과 대화하는 게 익숙하지 않다고도 말했다. 덥수룩한 더벅머리에 갈 곳 잃은 눈동자, 그리고 책장을 넘기는 가냘픈 손까지. 왜소한 겉모습이었음에도 나는 그런 그가 좋았다.

선한 눈빛과 늘 세상에 져주어도 억울하지 않은 듯한 초연한 태도까지. 아등바등 살지 않아도 늘 아웃풋이 좋았던 K가 신기하기도, 또 대단하기도 했다. 칠 년 더 먼저 사회에 나가 있었던 그는 나보다 조금 더 먼저 경험한 무언가를 아낌없이 내게 나누어주었고, 가령 나의 첫 디캔팅, 재즈 카페, 뮤지컬, 발레 공연, 연봉 협상은 모두 그 덕분에 가능했다.

사람을 접한다는 건 그 사람이 살아온 세계만큼 내 세계 역시 커지는 것이기에, 회사에만 국한되어 있던 나의 반경이 그 사람을 통해 훨씬 넓어지는 게 좋았다. 오래전부터 좋아했던 작가가 무라카미 하루키였다는 것과 비현실적인 내용의 프랑스 영화를 몇 번이고 반복해서 보는 취미도, 성악 가곡을 즐겨듣는 꽤 독특한 음악 취향도 비슷할 수 있다는 게 참 신기했다. 대화의 온도나 생각의 결이 비슷한, 아주 오래 떨어져 있다가 겨우 만난 소울 메이트의 느낌이랄까. 우리는 비단 남자와 여자 사이로 이분할 수 없는 관계였고 되려 깊고 진한 우정을 나눌 수 있는 진정한 친구와도 같았다.

당시 난 매일 뭔가를 해내야 한다는 압박감에 살고 있었기에 물 흐르듯 삶을 사는 K가 신기하고 어쩌면 부러웠던 것도 같다. 그는 늘 폭포수처럼 하루의 일상을 쏟아내는 나를 잔잔한 호수가 되어 받아주었으니. 고작 몇 년 인생 선배라는 이유로 아낌없이 밥을 사주고 마음의 여유와 선함을 나누어주었으니 말이다.

당시 나는 엇비슷한, 어쩌면 한없이 고루해지는 회사원으로서의 삶의 형태 앞에서 깊은 좌절을 느끼던 중이었다. 회사에 들어간 지 얼마 되지도 않았으면서 작가로서의 새로운 삶을 꿈꾸고 있는 나를 K는 되려 장하다고 칭찬해 주었다. 그리고 기록하는 자로 살고 싶은 나의 두 번째 꿈을 열렬히 응원해 주었다.

어느 날, K는 누구나 말하면 알만한 해외 IT 기업에서 스카우트 제안이 들어왔다고 했다. 늘 좀 더 넓은 세상을 경험하고 싶어 했던 그였기에 난 그 소식에 누구보다 기뻤다. 그러나 K는 채용 과정 중 마지막 단계인 신체검사에서 본인이 많이 아프다는 것을 발견했다. 고작 서른다섯의 그에게 주어진 병명은 췌장암이었다. 초기에 발견하기도 힘들뿐더러, 완치율도 현격히 낮은 악독한 병 앞에서 나는 어찌할 줄 몰랐다. 그저 엉엉 울고 있는 내게 K는 오히려 담담하고, 초연했다. 그리고 흔들리는 나를 붙잡았다.

그 이후 K는 감당하지 못할 고통에 자주 잠에서 깨어

뒤척였고, 배에서 묵직한 무엇이 만져진다고도 했다. 희던 얼굴은 어느새 탁한 노란빛이 되어 있었다. 나라면 갑자기 받아 든 무서운 병명 앞에서, 하루가 멀게 달라지는 몸 상태 앞에 흔들리지 않을 수 있었을까? K의 입장이 되어 수없이 되뇌어 보았다. 창창하다고만 생각했던 나의 미래가 가까운 시일 내 없어질 수도 있다는 걸 인지한 뒤에도 K처럼 차분할 수만은 없을 것 같았다.

그런데도 그 모든 경과를 내게 공유해 주던 그의 모습에서 쓰는 이에 대한 깊은 존중과 배려를 느낄 수 있었다. 하지만 지속되는 병의 경과를, 삶을 정리하는 마지막 모습을 보는 일은 그리 편치 않았다. 내가 할 수 있는 일이라고는 그저 자주 병실에 가서 바깥의 이야기를 전해주는 것, 그리고 다시 건강해질 수 있다는 희망을 전하는 것뿐이었다. 하지만 급속도로 퍼진 암세포 때문에 K는 말을 제대로 전달하는 것 또한 어려워했다.

"말이 머리를 따라주지 않아. 느려도 좀 참아줘."

자신의 고통보다, 느린 말 속도에 상대에게 줄 불편함이 먼저였던 K, 끝내 그가 하고 싶었던 이야기는 앞으로도 절대 기록하는 일을 포기하지 말라는 것이었다. 덧붙여 K

는 내게 살아 있는 건 어쩌면 기록 그 자체인지 모른다고 이야기했다. 쓰는 친구를 두어 이런 경험 또한 대신 글감으로 주고 갈 수 있어서 다행이라고 희미하게 웃으며 말이다.

갑자기 내린 굵은 비가 내 방 창문을 무섭도록 세게 두드린다. 어느새 다신 오지 않을 것 같던 계절이 성큼 내 곁을 찾아왔다. 경험으로 감각 했던 시간이 무심코 머리를 스쳐 지나간다. 누구에게나 생각하면 그립고, 아득한 사람이 한 명쯤 있다. 삶과 죽음의 경계 사이에서 다시 돌아올 수 없는 길을 떠난 K.

그를 보내고 한동안 글을 쓸 수 없었다. K가 내게 주고 간 기록의 주제가 감당하기 너무도 버겁고 어려워서, 자판을 치면 그의 어눌했던 말투와 맑은 미소가 생각날 것만 같아서 말이다. 창문을 열었더니 투둑거리는 빗방울이 손등에 한두 방울씩 떨어진다. 그 느낌이 차갑고 생경하다. 한여름의 소나기 같았던. 너무 비슷하면서도 달라 신기했던 K, 우산을 쓰지 않고 집 밖으로 나왔다. 참된 어른이었던 그의 뒷모습을 따라 추적추적 내리는 빗속으로 이제 용감하게 걸어 들어가 본다. 투명하게 빛나는 K가 마치 내게 이렇게 말하는 것 같다. '충실하게 매일을 살아. 내 몫까지.' 마침내 마주하며 이내 쓸 용기를 되찾는다. 친애하는 나의 K.

남겨진
자   리

잊혀갈 즈음 매번 다시 만났다. 어린아이에게 시골집에 가는 길은 따분하고 고된 일이었으니 좁은 차 안에서 나는 둥글게 몸을 말았다가 천정에 네모꼴로 다리도 쫙 펴보았다가 세모꼴로 기울어져 잠을 청해도 보았다. 온갖 모양으로 앉아 있어도 도착할 기미가 보이지 않았다. 아무도 없는 곳에 우린 무얼 하러 가는데? 내 말에 아버지의 시선은 지금은 볼 수 없는 무언가를 그리는 듯 아득했고 말끝은 흐려졌다. 묘에 난 잡초도 뽑고, 집터도 정리하고. 기다리는 사람이 있으니까.

할머니의 마지막은 분명 서울의 큰 대학 병원이었는데, 아버지가 지금 무슨 말씀을 하는지 도통 알 수가 없었다. 이런저런 생각을 할 때쯤 청보리밭이 펼쳐졌고 이건 누군가 우리를 기다리는 곳에 다 왔다는 신호이기도 했다. 시골집에 가면 늘 만나는 아이, 정규가 있었다. 할머니 댁에서 대각선을 쭉 이으면 정규와 할머니가 살던 허름한 초가집이 나왔다.

내가 오면 늘 누런 이가 다 드러나도록 투명하게 웃으며 와다다 뛰어오던 아이. 머리엔 찐빵 크기의 땜빵이 나 있었고, 햇볕에 완벽히 그을린 피부는 서울 아이들에게선 찾아보기 힘들 정도였다. 가끔 소매 밑으로 드러나는 푸른 멍과 붉은 생채기가 궁금했지만 그 물음을 온전히 잠재우듯 그는 속없이 자주 웃었다. 난 그런 그가 참 신기했다. 정규는 심심해하던 내게 보리 숲에서 숨바꼭질하는 방법이나 아카시아 꿀을 먹는 방법, 아궁이 불을 꺼트리지 않고 유지하는 법, 쌀 포대로 썰매를 만드는 법 등 따위를 알려 주었다. 그곳에선 그게 참 중요한 일이었으니.

갓난아이 때 부모가 고향에 버리다시피 하고 떠났다고 하대. 학교도 안 가고 할머니랑 둘이 사는겨. 새벽녘 아버지가 동네 사람과 나누던 대화는 꿈결처럼 아득해졌다. 몇 밤을 자면 나는 또 서울로 가고, 학교에 가서 국영수와 같은 것들로 머리를 채우고, 정규가 알려준 것들을 까맣게 잊을 터였다. 그곳에서 중요한 건 내가 떠나온 곳에선 중요한 게 아니었다.

어렴풋이 잊어갈 즈음 또 시골집에 가서 정규한테 알려달라고 하면 될 테니까. 시간이 흐르며 일 년에 서너 번 가던 시골집은 한두 번으로, 해를 걸러서로 줄어들었다. 동시에 기억 속 정규의 모습 역시 희미해졌다. 정규는 제 이름값과는 달리 비정규로 치부되는 춥고 어두운 그늘에서 한껏 웅크리고 있었으니까.

어른이 되어 난 문득 그가 궁금해졌다. 마주 본 초가집 지붕엔 겨우 숨이 붙어 있었고, 곳곳엔 녹이 슨 곳들이 삐거덕대며 힘겹게 제 무게를 지탱하고 있었다. 그새 등이 더 굽은 정규 할머니는 마루에 기대앉아 담배를 뻐끔거리고 계셨다. 나는 정규는 어디에 있는지를 물었고 그녀는 공허한 눈빛으로 산 저편을 보며 말씀하셨다. 나도 몰러. 정규 갸는 늘 남겨진 아이였으니까. 쟈도 한 번쯤 떠나는 사람도 되어보고 싶었겠지. 아득한 정규 할머니의 말에 난 아무 말도 할 수 없었다.

왜 한 번도 정규의 입장에서 생각해본 적 없었을까.

남겨진 자리는 늘 다른 아이의 자리라고만 생각했다. 난 늘 떠나는 사람이었다. 우리 차가 까만 점이 될 때까지 팔을 흔들던 아이. 꼭 또 와야 해 하고 목이 쉬도록 소리치던 아이. 언제든 찾아도 그 자리에 있을 풍경처럼 당연하게만 여겨졌던 아이. 알려준 것들을 해마다 또다시 알려주어도 좋을 만큼 누군가가 오는 게 기대되었을 아이.

기억 저편의 정규는 한 번 화내는 법이 없었다. 여전히 어딘가에서 맑게 웃고 있을 터였다. 그제야 아버지가 남겨진 자리를 향해 가던 길이 이해되었다.

아홉 수
생   일   ⎯

퇴근 시간 오 분을 남겨둔 다섯 시 오십오 분, 그즈음 가서 다시 알려줄게 라는 누군가의 약속 통보, 신어보지 않고 주문했더니 딱 맞지도, 그렇다고 헐렁하거나 작지도 않은 새 신, 뚜렷하게 눈에 들어오는 결점은 없어도 마음을 확 끌리게 하지는 않는 어느 예술가의 작품. 그대로 기르기에도, 짧게 치기에도 어설픈 거지 존 머리 길이, 물건 값보다 나가는 반품비 탓에 그리 마음에 들지 않음에도 그저 구매 확정을 누를 수밖에 없는 마음 따위처럼 난 늘 애매한 게 싫었다. 정해지지 않은 것 앞에서 마음은 한참 서성였다.

아홉 수. 딱 떨어지기 직전의 상태에 들어서자 통상

그 단어가 가져다주는 음울한 어감으로 신년부터 불안하고 초조했다. 늘 힘이 들어가 있던 어깨는 한껏 늘어져 있었고 걱정으로 얼굴 낯빛은 파리했다. 들어가기도 전부터 왠지 어딘가에 밑진 느낌, 올 한해, 조용히만 지낼 생각에 힘을 풀고 마음을 편하게 가지려 노력했다. 그 생각이 나를 파고들 때쯤부터였을까. 나를 찾는 전화는 끊이지 않았다.

글이 좋아 연락했어요. 혹시 이 일 맡아줄 수 있겠어요? 이번 고과 나쁘지 않네. 새로운 프로젝트 한 번 들어가 보지. 매번 비슷했던 일의 굴레에서 벗어나 내 재능을 알아봐 주는, 능력을 발휘할 수 있는 새로운 일이 넝쿨 채 들어오기 시작했다. 영원히 답을 주지 않을 것 같던 누군가로부터 받은 살뜰한 안부, 이미 깨져 되돌릴 수 없을 것이라 단언했던 것들이 자연스레 융합되어 흐르던 어느 관계의 굴레. 끌고 끌어온 작품이 나와 들었던 잊을 수 없던 칭찬. 오히려 힘을 푸니 좋았다. 억지로 만들려 해도 만들 수 없는 한해를 지나며 어느덧 아홉 수 생일을 맞이했다.

난 어떤 이가 그토록 살고 싶었을 오늘이었을까. 애매한 것들의 기준은 무엇이었을까. 오히려 굳이 이어 붙이려

하지 않았던 초연한 마음이 나를 살게 했다. 어느 때보다 완벽했던 아홉 수 생일을 지나며 깨닫는다. 불안할 땐 굳이 무언가 하지 않아도 괜찮다며. 그저 나를 흘러가는 대로 두어도 좋다고. 때에 따라 우리는 다양한 모양으로 어찌 되든 굴러갈 테니. 끝내 다다른 곳이 오히려 더 환한 곳일지 모른다며.

은미네 집 ——

유년의 풍경이 필기체처럼 흩어진다. 이제 막 시골에서 상경한 젊은 부부의 두 손엔 쥐어진 것이 아무것도 없었다. 집안은 눅눅했고, 젖은 벽지에선 형용할 수 없는 퀴퀴한 냄새가 났다. 볕이 들지 않는 지하 사글셋방은 싸워도 피할 곳 없던 비좁은 방 하나, 쾅 닫고 나갈 문이 없었기에 등 돌려서 자는 것만이 화가 났다는 최선의 의사 표현이었으니. 새벽을 개어 나가는 어머니와 아버지의 발뒤축은 늘 닳아 있었다. 젖먹이 동생을 맡겨둘 곳은 주인집 은미네뿐이었으니. 너랑 은미랑 나이가 비슷하니 얼마나 다행인지 모른다. 싸우지 말고들 있어. 불행 중 다행이라는 듯 엄마는 희미하게 웃었다.

과연 무엇이 다행인지 몰랐다. 방 하나를 모두 차지한 휘황찬란한 동화책에 휘둥그레지던 나의 눈동자, 흘겨보는 은미의 눈초리를 받으며 단숨에 읽어 내려가던 문장들. 남는 용가리 한쪽은 늘 은미의 그릇 위로, 게임을 하더라도 난 늘 져 주는 쪽이었고, 퀴즈를 풀더라도 일부러 질질 끌며 끝나는 지점을 맞추어야 했다. 동생이 없는 은미가 내 동생을 자기 동생으로 삼고 싶다고 말해도 속을 숨긴 채 옅게 웃어야만 했으니. 같은 나이였지만 우린 같은 지점에 서 있지 않다는 것을 너도, 나도 알고 있었다. 너는 주인집, 나는 세입자 딸. 어머닌 몰랐을 것이다. 싸움은 비슷한 위치에 서 있는 두 지점이 대립할 수 있어야 성립하는 말임을.

표현하지 못하는, 대상 없는 적의는 한동안 내 안을 괴롭혔다. 나라는 사람은 투명해지고 번져갔다. 오늘도 안 싸우고 잘 있었지? 안심한 듯 달려온 두 분의 표정을 흐트러트리고 싶지 않은지도. 단란하기 위해 애쓰는 일상을 깨트리고 싶지 않은지도 모른다. 고된 노동으로 두 분의 얼굴은 파리했고, 낙엽처럼 메말랐고 바스락거렸으니. 시간이 많이 흐른 뒤 은미네 집이 있던 동네를 넷이 나란히 걷는다. 젖먹이 동생은 어느새 내 키보다 한 뼘이나 큰 어른이 되었고, 서울엔 우리의 안온한 보금자리가 생겼다. 나아진 현재의 일상에도 그때의 흔적은 아직도 상처가 되어 남는다. 내 손을 잡은 두 분의 손끝엔 미안함이 묻어 있다. 나는 다시 두 분의 손을 꼭 쥐어 온기를 전하며 위로한다. 우리 모두 나름의 방식으로 열심히 살았다고, 그 힘으로 여기까지 올 수 있었노라고.

Chapter 5

나와 당신의
이야기

허기의
식   탁   ——

언젠가부터 사 인용 식탁은 용도를 잃어갔다. 네 명뿐
인 식구가 어떻게 다 같이 모여 먹기가 이렇게 힘드니. 때
마다 차려내는 밥상으로 어머니는 푸념 아닌 푸념을 늘어
놓으셨다. 회사, 대학원, 대학교 등 각자가 돌아오는 곳과
시간대는 모두 달랐고, 어느새 공동의 부엌은 혼자만의 장
소가 되어 버렸으니. 하루에도 몇 번이나 데운 국이나 조
림은 원래의 형체를 알아볼 수 없을 정도로 뭉개져 있었음
에 어머니가 서운함은 당연한 일이었다.

어릴 적에는 좁은 방 한 칸에도 둥근 밥상에 둘러앉아
따스한 눈빛을 나누고, 살뜰히 서로의 근황을 물었는데,
어느 순간부터 집의 내부가 커졌음에도 식탁은 각자의 분

주한 삶처럼 각져 있었다. 식탁 위는 활기가 한참 사라진 채였다. 한구석엔 핸드폰 거치대가, 입고 들어온 옷가지들이 한 자리씩 차지하고 있었다. 잠시 밥때가 겹치기라도 하는 날이면 "나. 금방 먹어. 여기 앉아 편히 먹어. 누나." 하며 자리를 비켜주었으니 동생의 세심한 배려에도 기분이 이상했다. 쉬도록 혼자만의 자리를 내어주고, 마주치면 불편할까 비켜주는 것이 진정한 가족인 걸까?

그 이후부터 난 요리를 배우기 시작했다. 어설픈 솜씨로 한껏 차려낸 밥상 위에는 동생이 좋아하는 제육이, 아버지의 빈 속을 달랠 콩나물국이, 어머니가 좋아하는 고사리무침이 올라갔다. 한집에 살면서도 식성조차 이토록 다른 우리가 함께 부대끼는 방법은 무엇일까. 일부러라도 식탁에 둥글게 둘러앉는 일을 주선해 나가는 것. 갓 지은 밥과 함께 소소한 근황과 온기를 얹어내는 것. 우리 집은 밥한번 먹으려면 기본 세 시간이여. 어설픈 내 요리 솜씨를 놀려대는 가족들의 말조차 기쁘다. 온기와 함께 사랑이 담겨 있으니. 몸과 마음을 데우는 소박한 한 끼를 나누어 먹으며 우리는 한껏 둥글어진다.

그녀라는
항   성

———

그녀는 자주 모로 누워 어두워졌다. 젊어서부터 똑순이, 걸어 다니는 컴퓨터 등으로 불렸다던 어머니의 우주는 언젠가부터 공동의 거실에 국한되었다. 엑셀 장부에 회삿돈의 전체 흐름을 적어 넣었다던 어머니는 언젠가부터 조기 한 두름, 두부 한 모, 열무 한 단과 같은 자잘한 지출을 가계부에 적어 내려갔다. 투피스에 또각거리는 구두를 신고 회사 건물을 활보했다던 어머니의 허리엔 어느새 김칫국물이며 새우젓갈이 튄 앞치마가 매여 있었다.

제 안의 별을 애써 가린 채 다들 그렇게 사는 거겠거니 체념하는 동안 수많은 밤이 지나갔다. 내내 행성처럼 우리 주변의 궤도만 내내 돌던 어머니는 어느 순간부터 야

Chapter 5
나와 당신의 이야기

위었다. 작은 결정 앞에서도 한참을 주저했다. 이젠 당신의 삶을 살아도 괜찮다며 빛의 길을 틔워주고만 싶었다.

찾아보니 어머니와 같은 여성들의 새로운 시작을 돕기 위한 곳이 있었다. 어린 시절 내 손을 잡고 보습 학원을 방문했던 어머니처럼, 이젠 내가 그녀의 보호자가 되어준다. 그곳에서 어머니는 누구의 무엇이 아닌 제 이름 석 자로 불린다. 별의 눈을 가만히 응시한다. 그 어느 때보다 짙고 단단하다. 제가 서 있어야 할 활로를 찾은 듯 기뻐하며. 어느덧 스스로 빛을 내는 항성이 되어.

이 나이 먹고
무   슨

    아버지가 짐짓 점잖은 어투로 뱉는 '이 나이 먹고 무
슨'은 마치 유명한 작곡가가 본인이 만드는 모든 노래마다
찍어대는 시그니처 사운드 같았다. 그가 다니는 회사에선
달에 한 번씩은 꼭 문화의 날이라는 명목으로 뮤지컬이나
연극을 보여주었는데 이마저도 늘 우리에게 양보하셨다.
이번 달에도 어김없이 아버지의 손엔 두 개의 입장권이 쥐
어져 있었다. 뽑기 번호를 잘못 골랐어. 애도 아니고 놀이
동산이 뭐야. 놀이동산이. 아버지는 뒤통수를 긁으며 한껏
멋쩍어하시는 거였다.

    선약이 있던 어머니와 남동생을 제외하고, 입장권의
유효기간은 이번 주말까지였다. 평소 엄중한 면이 있으신

데다가 말수까지 없으신 아버지와 둘만의 놀이동산이라니. 이제 곧 맞이할 불편한 즐거움에 걱정도 되었지만 언제 또 가볼까 싶어 내가 먼저 그를 설득했다. 쭈뼛대며 발걸음을 내딛던 아버지는 이 모든 풍경이 생경한 듯 한참 주변을 두리번거리셨다. 그런데 웬걸. 시간이 지나자 기구 앞의 아버지는 한껏 어린아이처럼 풀어지셨다.

나이테가 새겨졌던 얼굴은 잃어버렸던 동심이 차오르듯 한껏 밝아졌고 스무 살 청년처럼 입꼬리는 팽팽하게 올라갔다. 놀이기구가 오르막과 내리막을 반복할 때 그는 어린아이처럼 힘껏 소리를 질렀다. 외침은 어설프고 생경했다. 마치 제 안에 있던 모든 것을 쏟아내는 것처럼. 제대로 아버지의 울음을 들어본 건 언제쯤이었을까. 아버지는 어떻게 소리 내어 웃고, 울 때 어떤 표정이 될까. 회전목마 앞에서 난 한 번도 생각해 본 적 없던 물음에까지 다다랐다.

왜 나에게만 동심이 남아 있을 것이라 생각했을까. '이 나이 먹고 무슨'이라는 말로 가려져 있던 아버지의 유년을 나는 놀이동산에서 주웠다. 가진 것 하나 없이 서울로 올라와 열정만으로 견뎌내었을 그의 대학 시절이, 회사 생활을 하며 받았을 각종 설움에도 차마 뱉지 못하고 화장실에서 삼켰을 울음의 모양이, 가끔은 저를 위해 쓰고 싶었을 노동의 대가를 어린 자식에게 모두 쏟아부었을 마음의 형태가. 그래서 난 이곳을 가득 채우는 그의 무형의 외침이 좋았다. 한평생 자신이 짊어내야 했던 가장의 무게에서 이제야 자유로워진 것 같아서. 어둑해진 놀이공원, 집으로 돌아오며 아버지에게 말했다. 오래 홀로 새벽이었을 당신의 마음을 이제야 읽는다고. 찬찬히 곱씹어 돌아봐도 좋을 넉넉한 마음이다.

짱구
분식   집

비 오는 여름 숲의 향기는 선연했고, 함께 있던 친구들은 마중 나온 이들의 손을 잡고 바삐 떠나거나 학원으로 제각기 흩어졌어. 놀이터의 그네처럼 우리는 늘 그 자리에 남아 있는 자였으니. 일터에 나간 두 분이 돌아오기 전까지는 우리는 서로가 서로의 유일한 보호자였어. 비에 젖은 생쥐 꼴이 되어 우리가 다다른 곳은 결국, 동네 어귀 허름한 짱구 분식집.

주머니에 굴러다니는 동전을 마치 귀한 낙엽처럼 하나하나 세어보았어. 어제 내내 그렸던 순대보다 지금 네가 먹고 싶은 천원 치 떡볶이를 주문하는 마음. 숭덩숭덩 썰어 넣은 떡볶이를 호호 불어 네 입에 먼저 넣어주던 마음.

누나. 엄만 언제 와? 그리움이 진해지면 혹여나 울음이 터질까 어린 네 주의를 돌리기 위해 노력하던 마음. 비에 젖은 너의 머리칼을 귀 뒤로 넘겨주고, 혹여나 국물이 튈까 소매를 걷어 올려주던 마음. 짱구 분식집 오래된 텔레비전 옆에는 낡은 시계가 걸려 있었는데, 그건 시침, 분침을 읽을 줄 모르던 너도 읽을 수 있는 전자시계였어. 난 그 시계를 덮어두고만 싶었어. 네가 시계를 보는 게 싫었으니까. 시계를 본다는 건 우리의 시간이 오지 않는 누군가를 애타게 찾고 있다는 증거니까.

둘이서 일 인분을 아주 찬찬히 나누어 먹고 나서야 빈 집을 향해 가던 우리의 무거운 걸음. 물웅덩이를 튀기며 장난치던 너를 기다려주던 아득한 마음. 늦은 저녁이 되어서야 파리해진 낯빛으로 돌아온 두 분의 마음. 그제야 덜 어려야 했던 나는 제대로 어려질 수 있었고, 쏟아지는 비에 젖어 있던 마음을 풀어낼 수 있었어. 품에 안겨 맡던 세상의 가장 아름다운 엄마의 향기. 그때 너와 나는 시계를 볼 필요가 없었어. 남겨져 있었던 하루를 쉴 새 없이 풀어내다 보면 어느덧 그윽한 잠에 빠져들 새벽이었으니. 다시 또 아침이 되고, 짱구 분식집을 가서 시계를 번갈아 볼 테니. 그때 우리의 시간은 어찌 그렇게 흘렀을까.

고저의
언   덕

언제부터였을까. 난 자주 그녀를 피했다. 전라도가 고향인 어머니의 말투는 마치 싸우는 것 같기도 하고, 누군가에게 따지는 것처럼 빠르고 높았으니. 한시도 가만히 있지 못한 채 부지런히 움직이셨다. 서울에서 나고 자란 나에게 어머니의 말투는 때론 과하고 문득 듣고만 있기 억울한 종류의 대화 방식이었다. 그녀의 고저가, 분주한 생활 방식이 내겐 어떠한 부담이자 힘겨움으로 다가왔다. 바쁘게 살다가 잠시 가만히 쉬는 것이 마치 죄악으로 여겨지는 것 같았기 때문이다.

대학교 등록금, 자격증, 아르바이트, 취업과 여러 인간관계 등 이십 대 초반의 내 안에서는 이미 그녀의 말투 외에도 빠르게 흐르는 높고 낮은 문제가 이어지고 있었다. 굳이 그곳에까지 마음을 두고 싶지 않았다. 언젠가 굳게 닫힌 딸의 방을 앞에 두고 한숨 소리가 이어졌다. 혹여나 바쁠 텐데 방해가 되지는 않을까, 속을 상하게 하지는 않을까 늘 자식의 입장을 먼저 배려하던 분이었으니. 그녀는 아무 말 없이 이내 당신의 방으로 들어가셨다. 그리곤 평소와 같지 않은 느리고 낮은 흐느낌을 이어 내셨다. 슬쩍 들여다본 어머니의 방 안에는 오래되어 빛이 바랜 육아 일기가 여럿 펼쳐진 상태였다.

아주 작고 어렸던 딸을 스무 몇 해 동안 키워내기까지 어머니의 삶 역시 높고 낮음이 있었으리라. 가진 것 없이 상경한 어머니는 늘 문간 안의 삶을 꿈꿨다. 주인집의 전화가 울리면 고개부터 먼저 숙이게 되었을 어머니의 마음. 삶의 터전을 이리저리 옮기지 않아도 되는, 내 것이라고 부를 수 있는 나만의 공간. 그랬기에 늘 남들보다 일찍 일어나 새벽을 열고 직장에 가서 바쁘게 일 처리를 해냈다. 부산스레 삶의 바탕을 만들어 나가셨다. 그런 어머니의 성향이었기에 우리 가족이 어떠한 번짐에도 흔들리지 않으며 살아올 수 있었던 게 아닐까. 그녀를 닮은 나였기에 역시 부지런한 걸음을 세상에 하나씩 새겨올 수 있었던 것이 아닐까.

어머니의 높고 낮음을 나는 그동안 한 번이라도 제대로 응시해 본 적이 있었나. 어린아이 둘을 등에 업고 높고 낮은 언덕을 걸어왔을 그녀의 걸음을 이제야 헤아려 본다. 본래의 속성을 잃은 채, 낮게 이어지는 어머니의 어떠한 소리 앞에서 난 한동안 멈추어 서 있었다.

추운
기념   일
                                —

난 기념일이 싫었다. 어린이날이며 생일, 내가 숙제를 하지 않아도, 마음껏 뛰어놀아도 괜찮은 합법적인 날이었음에도 그날이 오면 마음이 불편했다. 기념일이면 어머니는 늘 우리 남매를 데리고 외식을 나갔는데 때마다 아버지의 표정은 좋지 못했다. 외식이 얼마나 효율적인 일인데, 맛도 있고 편한 데다가 애들도 좋아하잖아. 식당에 가서도 메뉴판만 들여다보며 뚱한 표정으로 앉아 있는 아버지가 난 불편했다. 내가 가장 좋아하는 메뉴인 돈가스를 먹어도 돌을 씹은 것처럼 알알이 걸렸다. 눈치도 없이 동생은 남은 음식을 입안 가득 집어넣고만 있었다.

결국 그 하루의 끝은 늘 추웠으니. 어머니는 그런 나

의 마음을 짐작하신 듯 아버지에게 참지 못한 화를 내셨고, 애들 생일이며 어린이날. 얼마 없는 날인데 한 번쯤 기쁘게 넘어갈 수 없겠냐는 이야기로 이어졌다. 밖에서 먹는 밥이 싫다고 했잖아. 너무 달거나 짜고 맵고 시고 해서 결국 애들 건강에도 좋지 않다는 비슷한 레퍼토리로 이어졌다. 그제야 동생은 울음을 터뜨렸고, 우리는 비에 젖은 넝마를 입은 것처럼 무겁게 집으로 돌아왔다.

아버지는 바깥에서 먹는 밥을 싫어한다고만 여겼다. 과도한 맛이며 건강이 마음에 걸리셨으리라 생각하며. 지금 가끔 아버지를 모시고 외식을 나가면 그 누구보다 남김없이 맛있게 드신다. 그제야 아버지가 당장 넉넉하지 못한 지갑이, 젊은 날 어린아이 둘을 책임져야 할 미래가 목에 깔깔하게 걸렸음을 깨닫는다. 왜 우리의 기쁜 날은 충분히 기쁘지 못했을까. 기념할 만한 날은 나쁜 기억으로 점철되었을까. 그땐 억울하고 속상하기 짝이 없었는데 지나고 보니 아버지의 마음을 읽는다. 우리에게 추웠을 기념일이 아버지에겐 얼음장 같았으리라 생각하며. 새로이 써 내려갈 그의 기념일은 따스한 봄을 만들어 줄 생각을 하며.

기억의
미   로   —

시골집을 생각하면 늘 마음이 편해졌다. 너른 대청마루와 튼실한 소, 반질반질하게 쓸고 닦은 바닥과 시골집에서 나던 특유의 군내까지. 있어야 할 것들이 모두 제자리에 있는 안온한 모양. 외할머니가 힘들게 낳아 키운 팔 남매는 어느덧 장성해 도시에서 분주히 살고 있었고, 또 다른 자신의 가정을 꾸려 새로운 세대를 써 내려가는 중이었다.

그런데 언젠가부터 이상했다. 오랜만에 찾은 시골집의 풍경은 낯설고 어두웠으니. 냉장고엔 리모컨이, 김치냉장고엔 반짇고리가, 쓰레기통엔 현금다발이 들어 있지 뭔가. 매번 낯선 방문객처럼 우리는 무언가를 찾아 헤매야

했다. 게다가 인자한 웃음으로 손주 손녀를 맞이했던 외할머니의 얼굴에는 짜증과 울분이 서려 있었다. 실컷 화를 내고서, 방금 한 이야기도 제대로 기억하지 못한 채 마치 아이처럼 말갛게 우리를 바라볼 뿐이었다.

그러던 중 동네 어귀에서 외할머니가 갑자기 사라졌다. 반나절을 찾아 헤매다 저 멀리 버스 정류장 어귀에 쭈그려 앉아 있는 외할머니를 겨우 발견했다. 어스름한 저녁, 어머니는 그 자리에서 주저앉았다. 여기저기 먼지가 묻은 초라한 행색을 한 채로, 할머니가 슬피 울고 계셨기 때문이다. 아주 익숙했던 터전마저도 갑자기 생경해진 것일까. 외할머니의 시선은 먼지를 풀풀 날린 채 떠나는 버스처럼 낯선 곳을 향해 가는 중이었다.

대학 병원에 다녀온 어머니의 얼굴은 잿빛이었다. 불행한 예감은 틀리지 않았고, 그녀의 병명 앞에 한참 말을 잇지 못하셨다. 외할아버지가 돌아가신 지 얼마 되지 않아 외할머니의 마음에도 멍이 든 것이다. 기억의 미로를 헤매는 외할머니를 보고 어머니는 가슴이 마구 뛰다가도 왈칵 눈물이 난다고 했다. 낯선 시간을 걷고 있을 외할머니를 시골집에 홀로 둘 수는 없었다. 어머니는 당장에 그녀를 서울로 모시고 올라왔다.

외할머니는 기억의 미로를 헤매는 와중에도 몸에 밴 부지런함은 잊지 못하는 중이셨다. 열여섯 살 외할아버지에게 시집을 와 관절 마디마디가 퉁퉁 불도록 농사일을 하셨음에도, 일거리에 굶주려 있는 사람처럼. 당신에게 할 일이 주어지지 않으면 극도로 불안정한 모습을 보이셨다. 이미 일하는 삶이 몸의 관성으로 자리 잡아 가만히 앉아서 여유를 즐기는 게 편하지 않으셨을 것이다. 곰곰이 생각하다 나는 그녀에게 유아용 색칠 공부 책을 주문해 드렸다. 예쁜 꽃과 나무, 벌과 나비를 쨍한 색연필로 신명 나게 색칠하며 그녀는 누구보다 행복해하셨다.

아침에 각자의 일터로 나가 저녁 늦게 잠깐 서로의 얼굴을 보는 것이 다였던 우리 가족이, 외할머니의 색칠 공부를 구경하고 그녀를 살피려 자주 한자리에 모인다. 그녀는 작품 옆에 최근 배운 당신의 이름 석 자를 꼭 박아 넣으신다.

정.윤.남

그 뒤엔 항상 '젊을 때 내가 이걸 배웠다면 학교 색칠 선생님이라도 해 먹었을 텐디.' 하며 아쉬운 듯 입맛을 다시는 것이었다. 누군가의 어미였고, 누이였고, 딸이었을 외할머니가 다시금 제 이름 석 자로 세상을 두드리기까지 꽤 많은 시간이 흘렀다.

매일 아침, 어머니는 치매 완화에 좋다는 음식을 한껏 담은 밥상을 차려낸다. 동생은 그녀에게 손목 위 건강 시계로 혈당 체크 하는 법을 알려드리고 아버지는 그녀가 적적할 때 말동무 삼을 수 있도록 지능형 어시스턴트 기기를 선물한다. 우린 이렇게 각자만의 방식으로 기억의 미로에서 빛을 찾는 중이다. 그렇게 한 세대가 흐른다. 흘러가도 좋을 세월은 시리고 아픈 기억의 미로만 선명하게 남겼다.

작가 후기

'쓰는 일'에 대해 생각했습니다.

낡고 초라한 일기장에서 시작된 나의 시절은

사각사각 연필 소리만이 채우던 밤으로

사랑과 아픔의 시절을 쓰던 마음으로

그리운 이에 대해 적어 내려가는 아득한 호흡으로

희망으로 가득 찬 미래를 끝없이 걷도록 하는 힘으로 이어

졌습니다.

소란했던 계절을 꾹꾹 담아내면 마음이 한동안 고요해졌

고 그 문장을 건너며 나는 자주 행복해졌습니다.

쓰면서 내가 살아 있다는 것을 느낍니다.

쓰는 일은 모두에게나 주어진 공평한 일이자

스쳐 지나갈 모든 계절을 낱낱이 감각 하는 것이니

활자의 추억과 함께해 주신 독자분께 감사를 전하며

게으르지 않은 작가로 당신 곁에 머물겠습니다.

당신의 뜨거운 문장이 되어.

기록하는 태도

1판 1쇄 인쇄 2023년 7월 14일
1판 1쇄 발행 2023년 7월 25일

지은이 이수현
펴낸이 안종남

펴낸 곳 지식인하우스
출판등록 2011년 3월 31일 제 2011-000058호
전화 02-6082-1070
팩스 070-7966-0156
전자우편 jsinbook@naver.com
블로그 blog.naver.com/jsinbook
페이스북 facebook.com/jsinbook
인스타그램 @jsinbook_official

ISBN 979-11-90807-26-5   03810

2023년 청년예술 창작지원사업
이 책은 세종특별자치시와 세종시문화재단의 후원으로 발간되었습니다.

기록하며

비로소 내가 된다.